INTRODUÇÃO À CULTURA JAPONESA
Ensaio de antropologia recíproca

HISAYASU NAKAGAWA

INTRODUÇÃO À CULTURA JAPONESA
Ensaio de antropologia recíproca

Tradução
ESTELA DOS SANTOS ABREU

Martins Fontes

© 2005, Presses Universitaires de France
© 2008, Martins Editora Livraria Ltda., São Paulo, para a presente edição.

1ª edição
Setembro de 2008

Produção editorial
Eliane de Abreu Santoro

Preparação
Huendel Viana

Revisão
Simone Zaccarias
Dinarte Zorzanelli da Silva

Produção gráfica
Demétrio Zanin

Dados Internacionais de Catalogação na Publicação (CIP)
(Câmara Brasileira do Livro, SP, Brasil)

Nakagawa, Hisayasu
 Introdução à cultura japonesa : ensaio de antropologia recíproca / Hisayasu Nakagawa ; tradutor Estela dos Santos Abreu. – São Paulo : Martins, 2008. – (Coleção Tópicos Martins)

 Título original: Introduction à la culture japonaise : essai d'anthropologie réciproque.
 ISBN 978-85-61635-05-3

 1. Japão – Civilização 2. Japão – Cultura I. Título. II. Série.

08-08579   CDD-306.0952

Índices para catálogo sistemático:
1. Japão : Civilização   306.0952

Todos os direitos desta edição para o Brasil reservados à
Martins Editora Livraria Ltda.
Rua Prof. Laerte Ramos de Carvalho, 163
01325-030   São Paulo   SP   Brasil
Tel. (11) 3116.0000   Fax (11) 3115.1072
info@martinseditora.com.br
www.martinseditora.com.br

Sumário

Preâmbulo 7

O mundo cheio e o mundo vazio 13

Traduzir a identidade 19

Lococentrismo 25

Da opção religiosa 31

A verdade sem sujeito 41

A morte em fusão 51

Direito e avesso 61

Atirar sem mirar 71

Do princípio pan-óptico I 81

Do princípio pan-óptico II: a missão Iwakura 91

As artes japonesas: justapor para aprimorar 101

O nu explícito e o nu oculto 111

Preâmbulo

Cada nação tem a deplorável tendência de considerar que sua cultura é a melhor do mundo, e eu, como indivíduo, não escapo a essa cômoda convicção. Quando o padre Chappe d'Autroche, membro da Academia de Ciências de Paris, publicou seu *Voyage de Sibérie* [Viagem à Sibéria] (1768), Catarina II da Rússia reagiu contra o livro em seu *Antídoto* (1770), comentando do seguinte modo essa fraqueza humana:

> Estou ciente de que querem fazer crer a vocês, povo francês, que seu país é o centro da liberdade, ao passo que, de fato, vocês são submissos de corpo, alma, coração e espírito. Sua nação julga-se a mais livre entre todas as do universo, e por quê? Porque lhe ensinam que é assim. Oradores, padres, monges e toda a camarilha do governo repetem sem cessar essa quimera, e é difícil resistir a afirmações tão unânimes.

Tal crítica da imperatriz não se aplica apenas aos franceses, vale para todos os povos da terra.

Além disso, em qualquer país, costuma-se olhar as outras culturas sob o prisma dos preconceitos. Assim, até hoje, e mesmo em conceituados jornais japoneses, encontra-se a expressão *aoi-me*, "olhos azuis", para designar os ocidentais, como se todos eles tivessem olhos azuis! Como se essa peculiaridade fosse um traço comum a todos! Pessoalmente, tenho pouquíssimos amigos franceses que correspondem a tal critério. A maioria tem olhos escuros. Esse estereótipo me faz lembrar o tempo do fechamento do Japão durante o período Edo, quando no século XVI os portugueses eram qualificados de "bárbaros do sul" e, mais tarde, entre os séculos XVII e XIX, os holandeses eram chamados de "cabelos vermelhos". (Convém relembrar que eram os únicos estrangeiros admitidos nessa época para negociar, de modo restrito, com o Japão, a partir da feitoria que mantinham em Nagasaki. Um Japão "aberto" deveria a partir de então ser mais diversificado.)

No que me diz respeito, muitas vezes fico sem graça quando um francês me pergunta qual é a minha religião. Posso, com toda a sinceridade, responder que sou budista, ou xintoísta ou até mesmo ateu, segundo os critérios europeus. Se der essa resposta, decerto não vou satisfazer a expectativa do interlocutor ocidental, que conta com uma resposta exata. Um sacerdote xintoísta pode até, diante da pergunta "Qual é a doutrina xintoísta?", responder com toda a seriedade: "Não há doutrina". É preciso dizer que, salvo raras exceções, o sentimento religioso no Japão se exprime pelo cumprimento de ritos existentes na vida social de qualquer indivíduo. Por conseguinte, quando vou ao templo, sou budista porque executo os rituais budistas, e, se for ao santuário, sou xintoísta. Meus interlocutores franceses, que estão apenas de passagem pelo Japão, ficam perplexos, por isso, mais adiante, voltarei a esse assunto. Seja como for, sou um ateu convicto para meus amigos franceses estudiosos do século XVIII. Logo, posso me classificar como um ritualista-ateu.

É evidente que, após a derrota na Segunda Guerra Mundial, o Japão americanizou-se e há traços disso em todos os níveis da vida cotidiana. Por exemplo, muitos hotéis instalaram capelas no interior de seus estabelecimentos, em geral no mesmo andar dos salões de banquetes. Podem assim oferecer aos clientes a possibilidade de celebrar uma cerimônia de casamento "à americana". Para a jovem geração japonesa, educada no mundo ritualizado da antiga geração, é de bom-tom cumprir o rito cristão, que evoca a cultura norte-americana, trazendo uma inegável impressão de prestígio. A jovem esposa usa vestido de noiva branco e a cerimônia é às vezes celebrada por um falso sacerdote. Tal tendência começou com a ocupação norte-americana do pós-guerra.

Nessa época, o grande escritor japonês Naoya Shiga declarou a um jornal: "A cultura japonesa é a mais bárbara do mundo. Dessa barbárie, a língua é o primeiro símbolo. Se quisermos nos tornar melhores, devemos adotar o francês como língua nacional". É claro que Naoya Shiga ainda estava abalado pela derrota japonesa. Para ele e para muitos de seus contemporâneos, não era apenas uma derrota militar: representava o fracasso da civilização japonesa. O sentimento de superioridade cultural levara o Japão à guerra. A tomada de posição de Naoya Shiga mostra que ele desejava acabar com esse sentimento demasiado nacionalista. Mas sua declaração, que hoje seria inadmissível, revela um estado de espírito muito em voga após a Segunda Guerra. Foi talvez por isso que uma minoria de jovens japoneses, à qual eu pertencia, voltou-se para a velha Europa, como forma de reação à jovem civilização trazida pelos soldados norte-americanos e à presença colonizadora dos vencedores. De todo modo, como desde pequeno eu queria ser pesquisador, meu objetivo no momento era bem claro: a área de pesquisa escolhida seria européia. Chegando à universidade, optei pelo estudo da literatura francesa, sobretudo a do século XVIII. Adolescente, eu já sentia uma irresistível vontade de saber ou de compreender de que maneira os intelectuais franceses tinham passado a juventude tentando desvencilhar-se das velhas imposições tradicionais, fossem elas de ordem religiosa ou ideológica. Comecei por Voltaire, mas afinal foi Diderot quem escolhi para minha tese de doutorado. Os filósofos e os livres-pensadores convinham ao meu estado de espírito na época e convêm até hoje.

Já me referi ao egocentrismo bem como ao olhar deformado que cada nação lança sobre as outras. Como fugir dessas duas ciladas? Quanto a mim, educado numa família muito liberal, nunca fui nacionalista, nem mesmo durante a guerra. Aos 27 anos, viajei pela primeira vez para a França, onde permaneci por mais de dois anos. Em seguida, morei no Japão para continuar meus estudos e lecionar. Durante todos esses anos tive a oportunidade de viajar ou de morar fora, principalmente em Paris. Nesses vaivéns entre Japão e França e graças ao estudo dos textos, fui aos poucos abandonando as categorias conceptuais e sentimentais do japonês comum. Já não me deixava levar pelos estereótipos. Se, de início, utilizei esse método para ler os escritores franceses, aos poucos fui virando o espelho para observar igualmente minha própria civilização. Meu ponto de vista é, portanto, uma posição intermediária que me possibilita não só observar o Japão com distanciamento, mas também considerar a França sem recorrer a clichês. Vejo os dois países sob um "duplo enfoque" nipo-francês.

Todos os textos desta coletânea referem-se à cultura japonesa e foram escritos no Japão, em francês. Apresentam um aspecto muito peculiar porque o Japão aparece aqui iluminado por uma luz emanada da França, que completa e enriquece a perspectiva nipônica. A originalidade da minha abordagem – se alguma originalidade houver – está na busca de uma nova leitura e explicação, sob essa "dupla luz", dos fenômenos culturais japoneses. O leitor francês, a quem me dirijo, pode assim conhecer o Japão como uma civilização diferente da sua, e não meramente como um país de costumes exóticos e estranhos.

Desejo por fim mencionar que o último e mais longo destes ensaios corresponde a uma conferência proferida na Casa Franco-Japonesa em 6 de novembro de 2000, a convite do professor François Jullien, e que todos os outros textos vieram a público graças à sra. Judith Miller, entre 1990 e 1994, sob a forma de crônicas, na revista *L'Âne*, publicada pelo Campo freudiano. Sou muito grato a ambos por me permitirem reunir aqui todos estes escritos.

O mundo cheio e o mundo vazio

O francês que chega a Londres encontra muitas diferenças, tanto na filosofia como no resto. Ele saiu do mundo cheio e o encontra vazio. "Em Paris, vê-se o universo composto de turbilhões de matéria sutil; em Londres não se vê nada disso", escrevia, como adepto de Newton, um filósofo francês do Século das Luzes. Será que um filósofo do final do século XX, ao embarcar para o Japão num avião japonês, não escreverá exatamente a mesma coisa, mudando apenas "Londres" por "Tóquio" ou por "Osaka", e os "turbilhões de matéria sutil" por "turbilhões de sujeitos sutis"?

Certa vez embarquei, no aeroporto Charles de Gaulle, num avião da Japan Airlines (JAL); depois que todos os passageiros estavam acomodados em seus lugares, uma voz feminina anunciou em francês: "Devido a uma greve na torre de controle de Londres, a partida está atrasada. Pedimos a gentileza de aguardar". Depois, a voz transmitiu a mesma mensagem em inglês. Por fim, outra voz deu essa informação em japonês, mas expressa em termos diferentes e precedida de uma frase que não existia na mensagem francesa nem na inglesa. A frase é a seguinte: "*Minasama* (Senhoras, Senhoritas e Senhores), *otsukare no tokoro* (visto que estão cansados), *makoto ni* (realmente), *moshiwake* (desculpas), *gozaimasen* (não cabem)", cuja tradução é: "É de fato imperdoável anunciar o seguinte". Com certeza, algumas pessoas podiam estar cansadas antes da decolagem, mas, com perdão da aeromoça japonesa, a maioria dos viajantes não estava, inclusive eu. Depois, foram dadas as informações já pronunciadas em francês e inglês, e completadas de novo, ao terminar, pela mesma voz suave, com um *Makoto ni moshiwake gozaimasen*, "sinceras desculpas".

Ao tentar traduzir automaticamente palavra por palavra esta frase japonesa para o francês, tive dificuldade. Quem é que está pedindo desculpas, tão preocupado com nosso suposto cansaço? O início da informação em japonês não indica quem é o autor da mensagem, e a aeromoça apenas transmite a preocupação de não sei quem. É possível argumentar que se trata da consciência ou da responsabilidade coletiva dos funcionários das companhias aéreas internacionais, em que se inclui a JAL, e cujos vôos, como todos os que partem do aeroporto Charles de Gaulle, são comandados pela torre de controle de Londres.

Talvez. Mas, então, por que só a voz japonesa – e não a francesa nem a inglesa – exprime o que pensa a direção da torre de controle de Londres, já que todas essas vozes falam em nome da JAL? De onde vem, no mundo da "niponofonia", esse ato de identificação com um sujeito impreciso? Quem nos observa e cuida de nós assim que entramos num avião japonês? Ao deixar um mundo cheio de "turbilhões de sujeitos sutis", de indivíduos cartesianos, já se entra, a bordo da JAL, num outro mundo, vazio de sujeitos. Imersos nesse espaço vazio de sujeitos, porém cheio de boa vontade, o japonês sente-se imediatamente em casa, aliviado por encontrar um ambiente conhecido.

Em Paris, a boa vontade japonesa não existe. Por exemplo, quando fui professor numa universidade em Paris, precisava às vezes entrar em contato com certo funcionário da secretaria. A secretaria dessa universidade é como uma colméia, com salas independentes. Quando eu telefonava para esse senhor, quase nunca estava lá. Se ele estivesse ausente, sua assistente também saía. Para me informar sobre a hora em que poderia encontrá-los, eu telefonava a outros funcionários, que respondiam invariavelmente: "Não sei".

Já na universidade japonesa em que trabalho atualmente, a secretaria da Faculdade de Letras fica numa grande sala, onde trabalham umas vinte pessoas. Se alguém pedir informações sobre o vestibular da faculdade e o responsável estiver ausente, sempre haverá alguém, seja o encarregado da administração, seja o da contabilidade, que responda por ele, ou que, ao menos, diga a que horas será possível encontrá-lo. A secretaria reage portanto como um animal unicelular movido por uma vontade única, enquanto na França a secretaria age como um agregado de vários animais dotados, cada um, de vontade distinta. A diferença entre essas duas secretarias existe em diversos níveis de cada uma das duas sociedades.

Essa organização unicelular japonesa, na qual cada parte reage aos estímulos exteriores e em nome da organização total, mostra o zelo ferrenho de manter a igualdade entre todas as partes. É uma das expressões do igualitarismo e da democracia japonesa, em que reina a uniformidade. Todos os japoneses são muito sensíveis a essa atmosfera uniformizadora e à sua maravilhosa capacidade de identificação; estão sempre prontos a adaptar-se imediatamente. Em tal atmosfera, entretanto, não será bem visto o indivíduo que demonstra ser independente do todo, e os outros chegam a dar mostras de animosidade contra quem se destaca.

É, no entanto, possível ler nos jornais japoneses elogios a pesquisadores do Japão que conseguiram excelentes resultados no estrangeiro (em especial os prêmios Nobel) e ver jornalistas falarem com orgulho dessa conquista japonesa. No fundo, porém, tal fenômeno é indício de uma falha nacional, pois esses pesquisadores não conseguiram desenvolver seu talento na sociedade japonesa, cujo igualitarismo uniformizador exclui qualquer originalidade.

O filósofo francês do Iluminismo que citei critica a cultura francesa por oposição à cultura inglesa, que se dedica a essa filosofia das Luzes. Para um filósofo japonês do fim do século XX, a crítica é mais difícil, já que o que constitui a vantagem de uma cultura é, ao mesmo tempo, seu maior defeito. Se Voltaire era um filósofo de semblante sereno, o semblante do filósofo japonês atual é pessimista.

Traduzir
a identidade

Há anos em Paris, num pequeno teatro perto da Ópera, fiquei abalado ao assistir à peça de Diderot, *O sonho de D'Alembert*. A adaptação teatral era de Jacques Kraemer em colaboração com Jean Deloche. Eu havia lido, aos dezoito anos, esse diálogo do filósofo numa tradução japonesa. Depois, aos vinte anos, li o texto original. Desde então eu o relera várias vezes. Ora, aos 53 anos descobri de repente que até aquele momento eu estivera enganado sobre o sentido do texto. Apesar das repetidas leituras da obra de Diderot, o esquema conceptual que eu havia inconscientemente fixado ao ler a tradução japonesa continuava a censurar minhas impressões.

Fiquei abalado e, ao mesmo tempo, entusiasmado com a descoberta. No pequeno palco do teatro, via-se o apartamento de Mlle. de Lespinasse. Lá estava o célebre matemático D'Alembert, doente, cochilando, a dona da casa, à sua cabeceira, e o dr. Bordeu, que ela chamara para examinar D'Alembert. Mlle. de Lespinasse, assustada e inquieta com as frases extravagantes proferidas pelo amigo em delírio, anotava-as e as transmitia ao médico. Primeiro, o doente sonhou que um enxame de abelhas se transformava num único animal, pela fusão das patas que fazia com que as abelhas ficassem grudadas umas nas outras. Depois, uma teia de aranha com um pequeno inseto preso em seus fios transformava-se, no delírio onírico, num sistema nervoso ligado ao cérebro de um ser humano.

Ao narrar para o médico o primeiro sonho do matemático, a jovem estende a mão com os dedos afastados. O rapaz segura-lhe a mão, entremeando seus dedos nos dela. Os dois personagens aproximam-se a ponto de quase se beijarem, mas a jovem se afasta do médico como para espicaçá-lo. Logo depois, ao contar a história da aranha que puxa para si o inseto prisioneiro em sua teia, Mlle. de Lespinasse puxa o braço de Bordeu para si. Ele olha a moça de modo intenso e se inclina para ela.

Assim, a ação se desenrola em dois níveis. No nível do discurso são apresentados, em função de analogias, um novo modelo de ser vivo e um novo modelo de sistema nervoso do homem: dois modelos que D'Alembert propõe em seu sonho. No nível gestual, desenvolve-se uma cena de sedução mútua ou de flerte.

Como eu sempre interpretara *O sonho de D'Alembert* através do esquema deformado da tradução japonesa, nunca tinha chegado ao segundo nível de leitura. Não porque a tradução fosse má, longe disso. Dentro dos critérios japoneses, essa tradução é considerada muito boa. Mas contém uma armadilha da qual não consegui escapar. Como, na língua francesa, cada sujeito é independente e atomístico, as pessoas se movimentam numa espécie de espaço newtoniano – ou seja, no espaço absoluto e vazio. Por isso há a identidade abstrata de todos os sujeitos, que transcende a situação.

Mas na língua japonesa essa identidade não pode existir, visto que o espaço é apenas, por assim dizer, a rede social sutilmente hierarquizada de todas as pessoas. Sem essa rede, não há japoneses. Na tradução japonesa de *O sonho de D'Alembert*, todos os personagens estão portanto situados numa rede social estritamente determinada. Essa rede resulta de uma escolha ora instintiva ora pensada do tradutor, mas, uma vez feita a escolha, pesa na tradução inteira. Assim, o leitor da tradução japonesa imagina o dr. Bordeu como um homem de 55 a 60 anos e Mlle. de Lespinasse como alguém de 25 a 35 anos, ao passo que no texto original não há nenhuma indicação de idade. O médico é apresentado como um senhor amável, sem grande interesse pelo belo sexo, e menos ainda como um libertino. E a jovem, com grande curiosidade intelectual, mas ingênua e reservada.

Já no texto francês, os personagens nada têm a ver com essa determinação japonesa. Por exemplo, quando Mlle. de Lespinasse relata o estado de saúde do doente no seguinte diálogo:

– Mlle. de Lespinasse, onde você está? – pergunta D'Alembert.
– Estou aqui.
Então o rosto dele se animou. Eu quis apalpar-lhe o pulso, mas não sei onde ele escondeu a mão. Parecia que estava tendo uma convulsão; de boca entreaberta, respiração acelerada; deu um profundo suspiro e, depois, um suspiro mais fraco e ainda mais profundo; virou a cabeça no travesseiro e adormeceu.

Percebe-se então que D'Alembert praticou um ato sexual solitário. A seguir, o matemático, sempre cochilando, murmura uma visão que lembra tecnologia de ponta e que poderíamos chamar de inseminação artificial, numa fala muito reveladora após aquele ato. Mlle. de Lespinasse diz com candura: "Espero que o resto da noite seja calmo", e Bordeu responde: "É, isso costuma ter esse efeito".

Ora, o tradutor japonês, embora conhecedor do francês e consciencioso, também caiu na cilada da língua japonesa, já que ele não podia entender a importância da palavra "isso". Como já afirmei, na língua japonesa o que é apresentado é a relação social estritamente definida entre os personagens. No caso em questão, as idades de Mlle. de Lespinasse e do dr. Bordeu, as características atribuídas a esses personagens e a distância que separa um velho médico cuja profissão impõe respeitabilidade sagrada, e uma mulher jovem que o considera com o devido respeito, são condições que impedem imaginar qualquer alusão sexual nas falas e nos gestos de ambos.

A cena que eu via no palco do teatro parisiense era totalmente diferente da que eu imaginava quando lia a tradução japonesa, que oculta a relação erótica entre os dois personagens. Ao refletir um pouco, descobri de repente o tema não explícito, quase obsessivo, de *O sonho de D'Alembert*. Num artigo intitulado "O tema não explícito da trilogia de *O sonho de D'Alembert*"[1], explico como reli essa obra à luz daquele tema, que é o da procriação. Percebe-se que o defeito da tradução tornou possível uma leitura que transpassa a cena da peça e atinge a universalidade. Assim, no contexto lingüístico de duas culturas diferentes, sempre existe esse tipo de equívoco, já que é indispensável deformar o contexto de uma língua para transpô-lo num sistema lingüístico totalmente diferente. Mas, quando se tem consciência dessa deformação, chega-se a uma descoberta que abre novos horizontes: horizontes que talvez passem despercebidos aos leitores cuja língua materna é a do texto original e que não têm o espelho das traduções – espelho que, por meio das deformações, reflete uma nova leitura.

---

1. Em Christiane Mervaud & Sylvain Menant (orgs.), *Le siècle de Voltaire: hommage à René Pomeau* (Oxford, The Voltaire Foundation, 1987), tomo II, pp. 693-700.

Lococentrismo

Para o europeu, o *eu* é uma entidade *a priori* que transcende todas as circunstâncias: tudo começa por *eu*, mesmo se, como diz Pascal, "o *eu* é odioso". Na língua japonesa, isso não ocorre. O que leva Augustin Berque a escrever a esse respeito, em *Vivre l'espace au Japon*[1] [Viver o espaço no Japão]: "A primeira pessoa, ou seja, o sujeito existencial, não existe em si mesma mas sim como elemento da relação contingente que se instaura em determinada cena".

Para chegar a uma explicação mais concreta, vou utilizar o exemplo seguinte. Suponha que uma criança esteja assustada diante de um cão enorme. Para tranqüilizá-la, chego perto dela e digo, em francês: "Não tenha medo, não chore, *eu* estou aqui com você". Mas, em japonês, vou dizer, em tradução literal: "Não tenha medo, não chore, *seu paizi-*

---

1. Paris, PUF, 1982.

nho está com você", qualificando-me em relação a ela como *seu paizinho* (*ojisan*, em japonês). O *eu* é definido, em função da circunstância, pela relação com o outro: sua validade é circunstancial, ao contrário do que ocorre nas línguas européias, nas quais a identidade se afirma independentemente da situação.

Para precisar, Augustin Berque cita uma frase do lingüista japonês Takao Suzuki: "O *eu* dos japoneses encontra-se num estado de indefinição, por assim dizer, por falta de pontos de referência, enquanto um objeto particular ou um parceiro concreto não aparecer e o locutor não lhe tiver determinado a natureza exata". Ao privilegiar essa característica, para destacá-la, Augustin Berque lembra que Alexis Rygaloff define o japonês como uma língua "lococêntrica", o que é, aliás, também o caso do chinês[2].

Outros aspectos da cultura japonesa confirmam esse lococentrismo: sobretudo a maneira de pensar e de descrever as coisas. Masao Maruyama, historiador especialista das idéias políticas no Japão, escreveu um artigo intitulado "A camada arcaica da consciência histórica dos japoneses", em que examina esse problema sob outra perspectiva. O artigo traz uma coletânea de trechos de livros de história do Japão (*Idéias históricas*[3]), desde o *Kojiki* [Crônica das coisas anti-

---

2. Alexis Rygaloff, "Existence, possession, présence ('être' et 'avoir')", *Cahiers de Linguistique – Asie Orientale* (Paris, v. 1, n. 1, 1977), pp. 7-16.
3. Tóquio, Chikuma-Shobo, 1972.

gas] e o *Nihonshoki* [Crônica do Japão] – os livros mais antigos que tratam da genealogia imperial e que datam do início do século VIII – até os trabalhos surgidos no fim do período Edo, logo antes da modernização do Japão na era Meiji, que começa em 1868. Masao Maruyama retomou esse ponto de vista em outro artigo, "Protótipo, camada arcaica e baixa obstinada: minhas abordagens da história das idéias japonesas", publicado em *As formas ocultas da cultura japonesa*[4].

O que Maruyama chama de "camada arcaica da consciência histórica" tem duplo sentido. Trata-se em primeiro lugar da consciência histórica tal como ela se revela na descrição da gênese mitológica da raça japonesa narrada nos dois livros já citados; em segundo lugar, da permanência dessa mesma forma de consciência através dos séculos e apesar das peripécias da história, até o fim do período Edo como *baixa obstinada* da interpretação da história pelos japoneses.

Maruyama examinou de modo analítico e minucioso como os acontecimentos históricos eram explicados pelos historiadores japoneses. Segundo a interpretação dos historiadores europeus, são os indivíduos que tomam a iniciativa de interferir no curso da história. Impregnados pela tradição judeo-cristã, concebem essa intervenção de acordo com o exemplo da ação de Eloim, do Deus que "criou os céus e a

---

4. Tóquio, Iwanami-shoten, 1984.

terra", dizendo: "Que haja luz!". Um acontecimento é portanto a resultante de uma vontade.

Ora, segundo a análise de Maruyama, nenhum fato histórico no Japão é explicado como produto de vontades individuais; a história é interpretada, em princípio, como se (a) todas as coisas se formassem por si mesmas; (b) sucessivamente; (c) com força. Cabe, então, a cada historiador enfatizar um desses três fatores do esquema precedente – ou seja, sobre (a) *A formação espontânea dos acontecimentos*; sobre (b) *A sucessão dos acontecimentos*; ou sobre (c) *A força pela qual os acontecimentos se formam com espontaneidade*. Quando um historiador japonês era obrigado a explicar a causa de um fato histórico, ele recorria a esse esquema. Infelizmente a análise de Maruyama só vai até o fim do período Edo.

Gostaria entretanto de assinalar que essa *baixa obstinada* da consciência histórica nos japoneses persiste até hoje; prova disso é a declaração de guerra aos países aliados, os Estados Unidos em primeiro lugar, que o imperador pronunciou em 8 de dezembro de 1941. Começa com a seguinte frase: "Eu, imperador do grande império do Japão que conserva sempre o favor das graças celestiais e que tem seu lugar numa linhagem imperial ininterrupta há mil gerações, dirijo-me a vós, meu povo, certamente fiel e corajoso: eu declaro guerra aos Estados Unidos da América e ao Reino Unido".

Até aqui, deixando de lado a introdução bastante mítica, é o imperador como indivíduo que declara guerra. O que nos interessa, porém, é o motivo pelo qual o imperador promulga esse decreto. Porque, no meio da declaração, o imperador afirma: "Chegou-se infelizmente ao ponto em que a guerra começou contra os Estados Unidos da América e o Reino Unido por uma necessidade inevitável. Dependia da minha vontade?".

Aparece sempre a mesma noção-chave: "A formação espontânea de um fato histórico". Com efeito, a expressão do imperador "por uma necessidade inevitável" é um enunciado reforçado da noção analisada por Maruyama. Franceses e europeus interpretam esse conceito de que "todas as coisas se formam por si sucessivamente com força" como sinal do fatalismo japonês.

Entretanto, ainda segundo Maruyama, esse fatalismo tem duas vertentes: uma otimista e outra pessimista. Os historiadores japoneses utilizavam esse conceito acentuando, cada um a seu modo, ora uma ora outra. O que é preciso lembrar é que Maruyama pôs em evidência a característica de "presença" – *nunc stans* – dessa força.

Assim, na consciência cotidiana dos japoneses, jamais esse *nunc stans* é dissociado da situação. Por isso a expressão "a força do *tempo*" era sinônimo de "a grande força na *terra*". A duração do tempo é assim absorvida nesse *lugar*. O que está lá, e que domina tudo, é essa força do *lugar*.

No fim de abril, vi por acaso na televisão japonesa a entrevista de um escritor-tradutor australiano, nascido nos

Estados Unidos, que viveu mais de dez anos no Japão e que traduziu vários romances modernos japoneses para o inglês. O entrevistador perguntou: "Na sua opinião, qual é a característica da língua japonesa?". Ele respondeu: "Comparado com o inglês, o idioma japonês às vezes tem explicações demais". E deu o seguinte exemplo: num cinema no Japão, havia este anúncio: "É favor não fumar porque incomoda as outras pessoas!"; segundo ele, a primeira parte da frase bastava, o motivo invocado é supérfluo.

Ora, a última parte do enunciado é necessária no Japão. Sem a explicação, a proibição seria da responsabilidade de quem a enuncia. Ao acrescentar a segunda parte, o enunciador persuade o público que não é por vontade pessoal, mas sim a situação, sua força inevitável, que impõe a restrição ao fumo. Mais uma vez percebe-se o lococentrismo.

Todos que se interessam pela cultura japonesa são obrigados a pensar no lococentrismo seja qual for a forma como ele se manifesta. Assim, os dois filósofos japoneses mais representativos do século XX, Kitaro Nishida e Tetsuro Watsuji, examinaram a questão do *lugar*. Ao estudar a filosofia de Heidegger, sobretudo em *Ser e Tempo*, tiveram consciência da importância da condição oposta ao *tempo*: o *lugar*, que é também condição *sine qua non* da existência humana. Se eles foram tão sensíveis a essa noção de *lugar*, mais ou menos relegada pela filosofia ocidental do século XX, é por estarem em profundo acordo com a cultura do Japão, país lococêntrico.

Da opção religiosa

No Japão, é possível alguém ser ao mesmo tempo budista e xintoísta, o que é chocante para quem está habituado com religiões cujo dogma essencial exige fidelidade a uma única fé. Essa dupla opção explica-se antes de tudo historicamente. Vou evocar aqui algumas lembranças.

No Japão tudo começa com o culto dos mortos. Desde Meiji (1868), a lei impõe que todos os corpos sejam incinerados nos crematórios oficiais. Depois, as cinzas são depositadas numa urna que será enterrada sob uma lápide fúnebre. Meu pai havia expressado sua vontade de dividir seus restos mortais: enterrar a metade no jazigo de Tóquio construído por seu avô, e a outra metade em Taketa, cidade de Kyushu, a ilha mais meridional do arquipélago, onde a família havia recebido uma residência oferecida pelos governantes em 1594.

A emigração de meu bisavô era a causa dessa estranha partilha. Até 1871, havia trezentos anos que minha família vivia em Taketa. Lá ficava o cemitério da família, no recinto de um templo budista da seita zen, que um antepassado meu mandara construir em 1597. Esse belo local, tombado como monumento histórico, próximo ao castelo da família, do qual só restam ruínas, é hoje um ponto turístico.

Forçado mais uma vez a deixar sua região natal – o novo governo receava ainda eventuais revoltas feudais –, meu bisavô mandou construir um novo jazigo em Tóquio. Como nesse ínterim a religião oficial havia mudado – o xintoísmo do novo governo proveniente da mudança de Meiji e constituído sob a autoridade direta do imperador havia substituído o budismo dos Tokugawa, o antigo regime dos xoguns –, esse novo rito foi consagrado segundo as regras do xintoísmo. Ligado aos dois ritos, meu pai, como teria feito qualquer japonês, quis que, depois de morto, seus restos mortais ficassem em ambos os lugares. Por isso, hoje, ele recebe aqui uma cerimônia budista e lá um ofício comemorativo xintoísta. Logo, ele é, como já o era em vida, tanto budista quanto xintoísta.

Aliás, cerimônias budistas e ofícios xintoístas não coincidem: as budistas estendem-se por cinqüenta anos, aos primeiro, terceiro, quinto, décimo, trigésimo e qüinquagésimo aniversários do falecimento; as xintoístas se realizam nos primeiro, terceiro, sétimo, 13º e 35º aniversários.

O ofício xintoísta transcorre assim: o padre, numa longa veste branca e mitra preta, depois de executar um rito purificatório – ele agita sobre os assistentes inclinados ramos de *sakaki*, árvore sagrada de folhagem perene –, faz uma prece. Diante dos fiéis está fixada uma tabuleta retangular de madeira branca, onde estão escritos o sobrenome e o pós-nome (o equivalente do nome), seguidos da expressão *no mikoto*, que significa "deus de…" ou "deus que se chama…", de acordo com a tradição xintoísta que deifica todos os mortos. A tabuleta fica apoiada no pequeno altar de madeira, preparado para a ocasião, diante da lápide fúnebre; lá são oferecidos saquê, arroz, sal, água, frutos do mar, peixe defumado, algas, legumes. Ao término da oração, cada um passa diante do altar e oferece um galho de *sakaki*, símbolo então de sua alma, depois junta as mãos e bate palma três vezes. Esse gesto é um apelo para que o falecido, agora ao lado dos bem-aventurados do xintoísmo, retorne à alma de cada um, isto é, recomponha a unidade do grupo familiar. É claro que ninguém acredita nisso de fato, mas esse mito tranqüilizador evoca a lembrança dos momentos de alegria em que se conviveu com o falecido.

A cerimônia de Taketa é bem diferente: os bonzos que oficiam o serviço, com vestes tão suntuosas quanto as de seus homólogos católicos, começam a recitar sutras. Convém destacar que, no caso de meu pai, os bonzos vinham de nove templos diferentes, pois cada um desses templos tivera uma relação histórica com um de nossos antepassados, e eram templos de nove seitas diversas. Será possível imaginar na Europa uma cerimônia tão ecumênica, capaz de reunir padres, pastores, calvinistas, luteranos ou anglicanos, popes etc.? No entanto, para o bonzo, a mistura não causa problema.

Um altar erguido diante do túmulo recebe uma placa dourada em que está escrito em letras pretas o nome funerário que o bonzo atribuirá ao falecido: o de meu pai é "grande senhor como a montanha ensolarada do sul, grande budista laico". Assim, meu pai, deus no xintoísmo, não passa aqui de um budista laico. A recitação prossegue ritmada surdamente pelas batidas num grande caldeirão de cobre, e os sutras formam a melopéia. Os sutras são as traduções chinesas de textos sânscritos, mas pronunciados à maneira japonesa. Um dos sutras mais utilizados, o "Sutra da perfeição de sabedoria", repete as palavras dirigidas ao discípulo Sariputra pelo mestre que atingiu o apogeu da sabedoria:

> Neste mundo, ó Sariputra, todas as coisas têm como característica o vazio, não têm começo nem fim, não têm defeito e não são sem defeito, não são imperfeitas e não são perfeitas. Por conseguinte, ó Sariputra, nesse vazio não existe forma, nem perfeição, nem nome, nem conceito, nem conhecimento. Nem olho, nem orelha,

nem nariz, nem língua, nem corpo, nem coração. Nem forma, nem som, nem olfato, nem gosto, nem tato, nem objeto.

É assim que o sábio onisciente inicia seu discípulo na verdadeira sabedoria: "Não há saber, nem ignorância, nem destruição do saber, nem destruição da ignorância… Não há declínio, nem morte, nem destruição do declínio, nem da morte…". O sutra termina com uma prece: "Chegado lá, chegado ao além, chegado perfeitamente ao além, verdadeira sabedoria".

No artigo intitulado "A filosofia dos japoneses", publicado em 1762 no volume XIII da *Encyclopédie*, Diderot já havia explicado corretamente as religiões dos japoneses no século XVIII. Segundo ele, depois que o governo proibiu o cristianismo, que começara a difundir-se desde a chegada de são Francisco Xavier ao Japão, em 1549, restavam só três religiões: o xintoísmo, o budismo e o confucionismo. Diderot considera as duas primeiras meras formas de superstição: o xintoísmo, "o mais antigo culto do Japão", é um tecido de mitos; o budismo, que prega que "tudo é nada" e que "é desse nada que tudo depende", é pura "loucura". Ele só poupa o confucionismo, que, por não admitir a transcendência nem o além, define uma moral prática e não exatamente uma religião. Parece-lhe haver aí algumas semelhanças com a filosofia das Luzes.

Os primeiros missionários que chegaram ao Japão ficavam irritadíssimos com a atitude dos japoneses, budistas ou xintoístas, que não queriam admitir nem divindade transcendente nem criador do mundo. Dois anos depois de chegarem ao Japão, em 1551, missionários portugueses travaram uma grande discussão teológica com sacerdotes budistas. Em 1580, os jesuítas fundaram em Kyushu um colégio de teologia e o cristianismo começou a implantar-se.

Em 1605, um japonês católico publicou um livro muito interessante intitulado *O diálogo entre Yutei e Myoshu*, no qual ele queria contestar as duas religiões japonesas. Na segunda parte do livro, a interlocutora Yutei, cristã convicta, diz à sua amiga Myoshu:

> O princípio fundamental do budismo é o vazio, e Buda é também o vazio. O essencial do xintoísmo consiste em dois princípios: *In* (princípio negativo) e *Yo* (princípio positivo). Deus significa esses dois princípios, *In* e *Yo*. Assim, o vazio é na realidade o nada, o que não existe, e o que se chama Buda não tem nada de respeitável: ele não é o criador, é algo muito insignificante. Os dois princípios, *In* e *Yo*, são chamados na religião cristã *materia prima*, e essa matéria-prima foi criada como o substrato de todas as coisas pelo Deus de nossa religião. É por isso que essa matéria não tem coração nem sabedoria. Logo, é uma superstição chamar essa matéria de Deus e respeitá-la como se fosse o criador do mundo.

Foi por isso que os cristãos refutaram o xintoísmo e o budismo, atacando o princípio de imanência de ambos. Em *O diálogo entre Yutei e Myoshu*, a interlocutora cristã continua explicando:

> Tomemos como exemplo esta casa que tem cores e formas; ela existe há não sei quanto tempo; mas esta casa teve uma origem, e a própria origem não se produziu por si mesma; é portanto evidente que essa origem ocorreu com a ajuda de um construtor. Se dissermos que existe uma origem para esta casa, mas que essa origem se produziu naturalmente por si e sem autor, ou então se dissermos que no começo desta casa tábuas e bambus se juntaram por si, será possível acreditar em tal afirmação?

Como se vê com clareza, aqui o princípio europeu de transcendência se defronta com o princípio asiático de imanência. Tal confronto aparece um século mais tarde num livro de Hakuseki Arai, redigido em 1710 e intitulado *Informações sobre o Ocidente*. Arai era um alto funcionário do governo central dos Tokugawa, na época do fechamento do Japão. Em 1709, um missionário italiano, um certo Sidotti, que entrou clandestino no Japão, foi preso e levado a Edo (atual Tóquio) para ser encarcerado. Arai tinha a tarefa de interrogá-lo com a ajuda de intérpretes japoneses que só falavam o holandês e conheciam rudimentos de latim. O extraordinário foi que, apesar do obstáculo lingüístico, Arai conseguiu perceber a história e a geografia do mundo bem como as grandes linhas do cristianismo. Todos os conhecimentos tirados desse interrogatório foram transcritos no livro *Informações sobre o Ocidente*.

O livro é composto de três partes; a terceira apresenta e depois critica o cristianismo. Aparece a mesma argumentação pró e contra, mas, desta vez, a filosofia de imanência refuta a idéia judeo-cristã de transcendência:

> Segundo a explicação do europeu [Sidotti], o que se chama *Deus* em sua língua designa o mestre da criação, ou aquele que foi o primeiro a criar todas as coisas do mundo. Ele afirma que todas as coisas do mundo não podem fazer-se por si mesmas e que há necessariamente um ser que as criou. Mas, se essa afirmação for verdadeira, por qual criador *Deus* chegou à existência, antes que existissem o céu e a terra? Se *Deus* pôde criar a si próprio, por que o céu e a terra não poderiam fazer o mesmo?

A argumentação de Arai lembra a dos iluministas europeus. De fato, Diderot, em sua *Carta sobre os cegos* (1749), faz com que seu herói, o matemático inglês Saunderson – um cego –, na discussão que o opõe ao pastor Holmes, diga que admitir o criador é uma superstição semelhante à dos indianos:

> Se a natureza nos oferece um nó difícil de desatar, deixemo-lo como é e não vamos usar para desfazê-lo a mão de um Ser que logo se torna para nós um novo nó, mais indissolúvel que o primeiro. Pergunte a um indiano por que o mundo fica suspenso no ar, e ele responderá: porque está apoiado nas costas de um elefante; e o elefante, ele está apoiado em quê? em cima de uma tartaruga; e a tartaruga, quem a apóia?... Você chega a ter pena desse indiano; e cabe dizer tanto a você como a ele: Meu caro sr. Holmes, confesse logo sua ignorância e deixe em paz o elefante e a tartaruga.

A maioria dos intelectuais japoneses contemporâneos está sem dúvida de acordo com Saunderson para dizer que mais vale não admitir uma suposição que precisa de outra e decidir-se pela navalha de Occam, ou pela explicação imanente. Entretanto eles praticam os cultos do xintoísmo e do budismo sem ter consciência da mínima contradição; o xintoísmo é um mito consolador que possibilita entrar em comunhão com os mortos, e o budismo, uma doutrina que libera do apego exagerado aos valores materiais.

Mas não seria exato reduzir tal atitude a uma simples indiferença ou a um respeito muito conformista da tradição. Prova disso é o já mencionado Hakuseki Arai; grande confucionista, Arai, que era ao mesmo tempo budista e xintoísta, nunca deixou de acreditar nos valores universais aos quais dedicou toda a sua vida, obra e ação. Quando foi deposto do cargo de conselheiro do príncipe, afirmou em carta a um amigo: "Só me resta destinar tudo o que escrevi às gerações futuras para que possa ser discutido com imparcialidade um ou dois séculos depois de minha morte... Trabalho agora para ser apreciado num futuro longínquo". Budista e xintoísta, ele soube conservar sua integridade humana. E, no Japão, Arai não é uma exceção.

A verdade sem sujeito

Há dez anos foi traduzido em francês o livro *O jogo da indulgência*, escrito em 1971 pelo psicanalista japonês Takeo Doi, que depois publicou, em 1985, uma análise das mentalidades japonesas, chamada *O direito e o avesso*. É curioso encontrar por todo o texto expressões idiomáticas que a tradução francesa ignora. Nela é dito, por exemplo: (1) "Posso afirmar com exatidão que a face e o coração encontram-se numa relação de correspondência que, embora sendo variável, existe sempre".

Compreende-se de imediato o sentido dessa afirmação, mas a frase japonesa não é construída de modo tão direto. Sua tradução literal é: (2) "(O fato) é que convém afirmar que não há erro quanto ao único ponto de que a face e o coração encontram-se numa relação de correspondência que, embora sendo variável, existe sempre". (Note-se que no texto japonês "O fato" não está expresso.)

De onde vem a diferença entre as proposições (1) e (2)? A segunda segue o os padrões da língua japonesa, ao passo que a primeira é obtida por uma translação de padrões entre os dois sistemas lingüísticos.

Quando se traduz de uma língua para outra, a regra é transformar os padrões da língua de partida para os da língua de chegada. Assim é possível conservar o que há de comum, ou de comensurável, entre as duas: mas perde-se forçosamente o que é próprio da língua ou da cultura de partida.

Nas duas proposições apresentadas, permanece o mesmo o teor lógico: "A face e o coração encontram-se numa relação de correspondência que, embora variável, existe sempre". Só é diferente a primeira parte da proposição: "(O fato) é que convém afirmar que não há erro quanto ao único ponto".

Quem se interessa pela língua ou pela cultura japonesas indagará por que o autor se sente obrigado a expressar-se assim. Para não ser muito redutor, vou citar outro exemplo, extraído do último artigo do filósofo Kitaro Nishida (1870-1945), que, segundo o *Dictionnaire des philosophes*[1] [Dicionário dos filósofos], foi "o primeiro filósofo original da época moderna do Japão".

Eis a tradução de um parágrafo do seu artigo intitulado "Lógica do lugar e da visão religiosa do mundo"(1):

---

1. Paris, PUF, 1984.

Se uma confissão é verídica, haverá necessariamente nessa confissão um sentimento de vergonha. E é em relação a outrem que esse sentimento será experimentado. No plano moral, confessar-se significa sentir vergonha diante do *eu* objetivo – ou seja, diante da moralidade de si. Nesse caso, o *eu* (envergonhado) deve ser rejeitado e abandonado. No plano moral, isso se faz diante dos outros, diante da sociedade. No caso da confissão religiosa – isto é, da confissão verídica –, essa rejeição ou esse abandono do *eu* envergonhado deverá fazer-se diante da origem de si, diante de Deus Pai, diante de Buda, caridoso como a Mãe.

A expressão de Nishida não é muito precisa, mas mesmo assim dá para entender qual é a sua idéia. No entanto, convém acrescentar que em (1) traduzi o texto suprimindo uma estrutura demasiado japonesa, para que não parecesse redundante, supérflua ou inútil ao leitor francês. Se ela fosse mantida, a tradução literal seria a seguinte (2):

É preciso necessariamente que, se uma confissão for verídica, haja nessa confissão um sentimento de vergonha. E é em relação a outrem que esse sentimento será experimentado. No plano moral, confessar-se significa sentir vergonha diante do *eu* objetivo – ou seja, diante da moralidade de si. *É preciso necessariamente* que, nesse caso, o *eu* (envergonhado) seja rejeitado e abandonado. No plano moral, isso se faz diante dos outros, diante da sociedade. *É preciso necessariamente* que, no caso da confissão religiosa – isto é, da confissão verídica –, essa rejeição ou esse abandono do *eu* envergonhado se faça diante da origem de si. *É preciso necessariamente* que isso se faça diante de Deus Pai, diante de Buda, caridoso como a Mãe.

Por que Nishida foi obrigado a repetir (inconscientemente e/ou conscientemente) quatro vezes a expressão "É preciso necessariamente que"? A que exigências correspondem essas pesadas repetições?

Nas proposições (2), observa-se uma coisa muito característica: Doi e Nishida afirmam uma verdade sem indicar o sujeito emissor. O enunciado complicado que precede a afirmação de Doi tanto como as repetições de Nishida terão sido introduzidos para não explicitar qual pessoa descobriu essa verdade? Mas então por que é preciso ocultá-la? O que é paradoxal para um leitor francês é que a obrigação que os dois escritores adotaram para dissimular sua presença no texto foi ainda mais premente em vista de a verdade que eles julgaram ter descoberto lhes parecer muito importante. Para eles, era como uma evidência, independente de qualquer intervenção subjetiva.

Em francês, o que certifica ou garante a verdade de uma afirmação é sempre o próprio sujeito – este toma a iniciativa e a responsabilidade de afirmar uma verdade – ao passo que para Doi e Nishida o que garante ou certifica a verdade é o caráter natural e espontâneo de seu surgimento.

A razão japonesa aparece como uma forma da espontaneidade e do natural. Para explicar o que é essa forma na cultura japonesa, seria preciso fazer uma longa exposição histórica, porque a tradição japonesa considerou esse movimento espontâneo das coisas como o princípio primordial do cosmos ou da natureza. Como estudioso do século XVIII, vou me ater ao exame de dois filósofos japoneses da natureza dessa época.

Em meados do século XVIII, numa cidadezinha chamada Hachinohe, ao norte do Japão, vivia um médico filósofo, espécie de padre Meslier*, chamado Shoeki Ando; ele escrevia muito e publicava clandestinamente livros com fortes críticas ao sistema feudal de então. Seus manuscritos só foram descobertos em 1899. No prefácio de seu livro mais importante, *A verdadeira via da natureza*, escreveu:

> O que se chama natureza? É o nome desse princípio de equilíbrio, desse movimento harmonioso. O que se chama princípio de equilíbrio? Pode-se responder que é o movimento espontâneo de uma energia ativa que produz o avanço ou a regressão, às vezes a pequenos passos, às vezes a grandes passos.

---

* Padre francês cujo verdadeiro nome era Jean Mellier (1664-1729); ficou conhecido através de *Extrait des sentiments de Jean Meslier* (1762), organizado por Voltaire a partir do *Testament* de Mellier, em que o padre explica os motivos que o levaram a perder a fé. (N. de T.)

Convém indicar aqui que os caracteres chineses que compõem a palavra "natureza", além da pronúncia chinesa *shizen*, substantivo comum que pode ser traduzido por "natureza", podem ser lidos em japonês de dois modos: ou *hitori suru*, que significa "fazer-se por ela mesma" (no sentido da natureza em si); ou *wareto suru*, que significa "fazer-se por si mesmo" (no sentido de cada um a si mesmo).

Hitori suru aplica-se aos movimentos do mundo e *wareto suru* às ações humanas, mas ambos são de fato apenas um. A natureza ou o princípio universal é o movimento espontâneo das coisas sem interferência de seres transcendentes ou humanos.

Quase na mesma época, numa cidade da ilha ao sul do Japão, Kyushu, vivia um médico filósofo chamado Baien Miura. Embora ambos fossem médicos e filósofos, Ando e Miura não se conheciam. Miura escreve, em um de seus principais livros, *Palavras inúteis*:

> Neste universo, cuja extensão é infinita, não existe nenhuma coisa que não seja do princípio Ki (energia cósmica). O que pode portanto preexistir em relação ao Ki? Quem pode lhe pós-existir? Assim, o nada e a existência fazem-se ambos de modo espontâneo. O vazio e o real também se fazem espontaneamente. Não há começo nem fim.

Miura enfatiza esse movimento espontâneo e infinito que não tem começo nem fim. Nos dois filósofos, como em tantos outros, o princípio do cosmos é essa espontaneidade natural.

Nas duas traduções francesas (1) de Doi e de Nishida, pus em evidência o sujeito emissor de verdade que certifica essa verdade; afirmador ou descobridor de uma verdade, ele é sempre transcendente a ela de acordo com a sintaxe normal do idioma francês. A verdade é portanto afirmada ou descoberta por esse ser transcendente. Para encontrar o modelo desse enunciado francês, ou europeu, deve-se remontar à origem da tradição judeo-cristã. De fato, logo no início do Gênese está: "No começo, Eloim criou os céus e a terra". A expressão da verdade para franceses e europeus parece basear-se nesse enunciado: o sujeito gramatical imita o Eloim do Gênese. Ele diz, ele pensa, ele afirma como fez Eloim no começo do universo, ao passo que na gênese japonesa, intitulada *Kojiki* [Crônica das coisas antigas], escrita no início do século VIII por um historiógrafo da corte imperial que coligiu todas as tradições orais da nação, encontra-se, a propósito da genealogia dos deuses cujos descendentes terrestres são os *tenno* (imperadores) do Japão, as seguintes frases reveladoras:

> No momento em que o céu e a terra *se desenvolveram* pela primeira vez, o nome do deus que se *fez* nos campos celestes era Ame-no-mi-naka-nushi-no-kami. A seguir veio Taka-mi-musu-bi-no-kami. A seguir veio Kami-musu-bi-no-kami. São eles três deuses solitários que se criaram e depois se esconderam.

Há uma diferença fundamental entre a gênese judeo-cristã e a gênese japonesa. Na primeira, é Deus quem cria o mundo, ao passo que, na segunda, o universo existe sem que Deus o tenha criado, e os primeiros deuses surgem de modo espontâneo e por si mesmos. Parece que no primeiro enunciado há um arquétipo de uma proposição européia na qual um sujeito afirma uma verdade, enquanto, no segundo enunciado, há o princípio de uma proposição japonesa no qual a verdade surge de modo espontâneo e natural, sem nenhuma intervenção de um ser exterior à situação.

Em *Vivre l'espace au Japon*, que já citei, Augustin Berque narra o choque cultural que sentiu quando, ao começar um curso de japonês, viu um filme de guerra do Japão. Uma jovem enfermeira, apesar do perigo iminente, recusa-se a abandonar seu posto. "Por quê?", pergunta o médico.

> Ela se calou [escreve Berque] e depois bruscamente disse, sem olhar para ele: *suki desu*. Legenda: *eu amo você*. Boa tradução, bem clara: O sujeito S (*eu*), o verbo V (*amo*), o complemento C (*você*). A estrutura SVC. Ora, na frase japonesa, não havia pronome nem desinência, nem sujeito nem objeto que pudesse indicar quem amava quem. E a mulher nem olhava para o homem! O enunciado somente indicava a existência de um sentimento de amor em algum momento da cena [...]. Mas,

nessa declaração de amor, não havia nada ligado à ação de amar.[2]

Como poderia a enfermeira falar de outro modo? Para mostrar que o sentimento que a envolvia era irreprimível, que seu amor era verdadeiro, ela não devia nomear a si mesma: a verdade reside nesse surgimento espontâneo e natural.

---

2. O sentido do verbo *suki desu*, que não remete a nenhum sujeito, é perfeitamente claro: como o emprego do sufixo verbal de polidez *desu* indica que alguém se dirige a uma pessoa de posição social superior, a situação obriga a concluir que o sujeito latente do verbo *suki desu* é uma pessoa de posição social inferior – no caso, a enfermeira.

A morte em fusão

Quando alguém sabe que vai morrer dentro de uma hora, pensa em quê? Como se justifica o absurdo dessa passagem do ser para o nada? Todo leitor de Dostoiévski lembra-se do episódio contado pelo príncipe Míchkin no salão da senhora generala Iepántchin. Um jovem de apenas 27 anos, acusado de crime contra o Estado, é levado para o local da execução. É lida a sentença de morte, a ser aplicada dentro de vinte minutos. Passado esse lapso de tempo, o rapaz é subitamente libertado.

O autor narra os pensamentos que agitaram o jovem destinado ao pelotão:

> Por perto havia uma igreja e sua cúpula dourada brilhava sob o sol claro. Ele se lembrava de que havia olhado com uma terrível persistência para essa cúpula e para os raios que ela irradiava; não conseguia se despregar dos

> raios: parecia-lhe que esses raios eram a sua nova natureza, que dentro de três minutos ele se fundiria a eles de alguma maneira...[1]

O condenado à morte, ao pensar que a luz refletida na torre da igreja será em breve sua nova forma de vida, já se sente como que fundido nesses raios.

Sabe-se que esse episódio de *O idiota* originou-se de uma experiência vivida pelo próprio autor: implicado no ciclo Pietrachevski e condenado à morte como criminoso de Estado, foi levado, aos 28 anos, em 21 de setembro de 1849, ao lugar da execução, num canto do terreno de manobras Semionov. Mas era, afinal, um arremedo de execução, uma brincadeira de mau gosto que a polícia imperial fazia para amedrontar os réus: no momento em que o pelotão se prepara para atirar, chega o oficial com o indulto. Mesmo assim Dostoiévski foi mandado para a Sibéria. Essa fusão com a luz, que o jovem Dostoiévski condenado à morte viveu antecipadamente, será específica da cultura russa ou comum a todas as outras?

Não sei, mas gostaria de lembrar que a mesma idéia diante da morte se encontra em textos de escritores japoneses contemporâneos, dos quais vou examinar dois exemplos.

---

1. Fiódor Dostoiévski, *O idiota* (trad. Paulo Bezerra, São Paulo, Editora 34, 2002), pp. 83-4.

O primeiro exemplo é tirado do romance intitulado *Fogo na planície*, de Shohei Ooka. Nesse romance de guerra, um soldado do exército japonês das Filipinas relata suas andanças pelas montanhas da ilha de Leyte. Como seu exército foi aniquilado, ele perambula sozinho dias e dias, guiado apenas pelo curso de um pequeno riacho que, certa manhã, o leva às margens de um rio: ele tira as botinas e as polainas e entra na água.

Absorto em seus pensamentos, ele vê seu corpo ferido flutuar na correnteza.

> Olhei de novo a água diante de mim. Ela deslizava com o mesmo sussurro que eu costumava escutar quando era menino. A água corre sem cessar entre as pedras, circunda-as, reaparece mais adiante e depois foge depressa. Tudo me parecia movimento contínuo e sem fim. Soltei um suspiro. Quando eu morrer, minha consciência com certeza vai deixar de existir, mas meu corpo subsistirá fundindo-se na grande matéria que é este universo. Viverei para sempre.

Numa nova autobiografia chamada *Reencontros*, Ooka, recém-desmobilizado, conta a um amigo a sensação e os pensamentos que teve, quando era um simples soldado segunda-classe de 35 anos, partindo para as Filipinas. Descreve nessa experiência pessoal quase a mesma sensação do soldado Tamura fugindo nas Filipinas, e a expressa quase com as mesmas palavras.

O segundo exemplo que desejo citar é tirado de uma história de Teru Miyamoto intitulada *O avermelhar das folhas de outono*. É composta de cartas que dois personagens trocam anos depois de terem se divorciado. O divórcio tinha ocorrido após uma tentativa de suicídio e homicídio: a amante do marido, depois de tê-lo apunhalado traiçoeiramente, cortou a própria garganta. A esposa, informada por um telefonema do hospital para onde o marido, inconsciente, tinha sido levado, não desconfiava de nada. Quando o marido ficou bom, ela exigiu saber o nome da amante e o motivo pelo qual ela tentara matá-lo; diante do silêncio do marido, pediu o divórcio.

Essa história epistolar começa depois que o casal se encontra por acaso num outono, no sopé de uma montanha ao norte de Honshu (a ilha principal do arquipélago nipônico), quando as folhas vermelhas dos bordos cobrem as encostas, formando um manto. Segundo uma carta do marido à ex-mulher, ele se perguntava muitas vezes, depois de voltar a si: "Se eu tivesse morrido, o que eu teria me tornado? Talvez eu me tornasse a própria vida, sem corpo nem espírito, e essa vida se dissolveria neste universo".

Como seu pensamento gira sempre em torno da morte, a mesma idéia reaparece:

> Todo homem ao ver a morte de perto vai lembrar o que fez até então. Mas, mesmo carregando os tormentos e

as acalmias provocados pelo modo como viveu, ele se transformará em pura vida, vida essa que nunca mais cessará e se fundirá no espaço infinito que é o universo, no tempo-espaço sem começo e sem fim.

Num artigo para o jornal *Asahi*, de 15 de janeiro de 1991, Teru Miyamoto fala da experiência pessoal que o levou a escrever essa história: numa viagem para o norte de Honshu, assim que o trem saiu de Tóquio, ele começou a cuspir sangue e julgou próximo o seu fim. Foi então que seu olhar deparou com o manto de folhas avermelhadas da montanha que se destacava do céu estrelado. Escreve ele:

> A idéia que me veio de repente foi, em poucas palavras, que, mesmo após a morte, continua-se a viver. Imediatamente essa idéia cresceu e me encheu de uma enorme alegria: assumiremos ora uma forma de morte, ora uma forma de vida; mas a própria vida que é nossa origem não perecerá jamais.

Para Miyamoto, foi essa idéia e a alegria provocada por ela que o levaram a imaginar a história. É cabível afirmar que a alegria que sentiu diante da natureza, num momento em que julgava chegada a hora da morte, é muito parecida com "o estado de júbilo próximo do êxtase" que surpreendeu o velho soldado de Ooka.

A idéia de se dissolver no movimento natural do universo e de prosseguir assim vivendo eternamente não é específica dos escritores contemporâneos. Prova disso é o último livro de Chomin Nakae, o primeiro tradutor japonês do *Contrato social* de Rousseau. Quando o autor, com câncer, recebeu dos médicos o prognóstico de que lhe restava um ano e meio de vida, escreveu dois livros: *Sursis de morte: um ano e meio* e *Continuação do Sursis de morte: um ano e meio.*

Neste último livro, ele expõe sua filosofia pessoal sobre o materialismo ateu. Refutando o idealismo importado da Europa na época, afirma não a imortalidade da alma, mas a do corpo. Escreve:

> Se ouso avançar mais positivamente minha tese, o espírito não é imortal, mas o corpo, origem e suporte dele, por ser composto de certos elementos, não será destruído, mesmo depois de sua decomposição. Quando Napoleão ou Toyotomi Hideyoshi[2] morreram, é possível que, de todos os componentes de seus corpos, os elementos gasosos tenham sido absorvidos pelos pássaros que cortam os ares, os elementos sólidos pela água que irá passar pelas raízes de uma cenoura ou de um rabanete, que por sua vez passarão pelo intestino do homem.

---

2. General e político japonês (1536-1598) que pôs fim às guerras civis, reunificando o país.

O certo é que, mesmo mudando sempre de lugar, esses elementos existem para sempre.

Nesse livro, Chomin Nakae não fala das próprias experiências: o objetivo é, como afirma seu discípulo Shusui Kotoku no prefácio, expor a tese filosófica de Nakae, o "nakaenismo".

Seja como for, a aceitação da morte para esses três escritores decorria de uma só idéia: mesmo após a morte, os elementos que os compunham continuariam a existir indefinidamente. Nenhum deles, é claro, aceita a hipótese de um Deus transcendente, mas o que a tradição européia veria como um atomismo ateu é, no Japão, na ausência de qualquer noção de transcendência, um comportamento natural. É claro que há exemplos de atitudes análogas em filósofos materialistas franceses do século XVIII.

Diderot, por exemplo, em *O sonho de D'Alembert*, faz com que o seu herói expresse uma idéia análoga à de Chomin Nakae. O geômetra diz:

> A vida [é] uma seqüência de ações e reações… Enquanto vivo, eu ajo e reajo como massa… Depois de morto, eu ajo e reajo como moléculas… Então, eu não morro? Não, decerto não morro neste sentido, nem eu nem quem quer que seja… Nascer, viver e pensar é mudar de formas… E pouco importa uma forma ou outra. Cada forma tem a ventura e a desventura que lhe é própria.

Tal idéia era em geral adotada pelos iluministas. Encontra-se a mesma afirmação no livro de um médico pouco conhecido, de Sèze. Ele publicou em 1786 o *Recherches physiologiques et philosophiques sur la sensibilité ou la vie animale* [Pesquisas fisiológicas e filosóficas sobre a sensibilidade ou a vida animal], no qual expõe quase a mesma idéia de Diderot:

> De modo estrito, não há morte real na natureza; mesmo após a dissolução dos corpos, resta em seus elementos a ação da vida que lhes é própria: essa ação não se extingue, ela até se desenvolve com mais força; é uma espécie de tendência à agregação, à combinação de que goza cada molécula de matéria, que, embora sempre mudando de forma, permanece impregnada por essa força motriz, seja qual for o estado em que se encontre.

Discípulo de Lucrécio, Sylvain Maréchal escreve nos *Fragments d'un poème moral sur Dieu* [Fragmentos de um poema moral sobre Deus] publicado em 1781:

> Se a natureza existe, ela existe por si: seu modo pode mudar, mas ela é eterna. Se, recebendo tudo dele, o mundo não tem autor, ele é, ao mesmo tempo, seu próprio motor. Seria vão queixar-me; inútil murmúrio! Tudo é o que deve ser no seio da natureza.

O texto de Maréchal não era conhecido por Chomin Nakae, mas, se fosse, é certo que teria recebido sua plena aprovação.

Não vou concluir que haja uma semelhança entre as idéias dos iluministas franceses e as maneiras de pensar tradicionais do Japão; mas constato que há analogias.

Para terminar, dou o exemplo de meu pai, homem profundamente arraigado na tradição japonesa. Apesar de sua educação universitária num ambiente protestante do norte dos Estados Unidos e de uma estada de seis ou sete anos na Europa, a cultura européia não abalou sua identidade japonesa. Quando velho, costumava dizer: "Depois de morto, voltarei a ser terra, feliz por retornar aos elementos. Não façam cerimônias fúnebres: festejem meu retorno à origem".

Direito e avesso

O título de um livro tornou célebres os termos "direito" e "avesso". Na obra, publicada por Takeo Doi, em 1988, e traduzida em inglês e em francês, esse psicanalista japonês oferece uma segunda chave para entender a mentalidade japonesa, a primeira sendo a tão famosa "indulgência" (*amae*). A expressão "direito e avesso" é muito utilizada na conversação japonesa, e minha intenção não é explicar aqui o conceito do psicanalista, mas dar uma rápida idéia sobre isso, imaginando o que pode ocorrer na secretaria de uma universidade japonesa.

Suponhamos que um professor tenha um projeto de viagem para a Itália a fim de tomar parte em um congresso cujas condições para sua participação tenham sido estabelecidas de comum acordo entre duas instituições, uma universidade italiana e uma universidade japonesa. O tema – o natural e o artificial – interessando a todos, pensa-se em conferencistas dos dois países nas áreas científica, sociológica ou literária. As despesas de viagem dos participantes japoneses serão pagas pelo ministério japonês da Educação Nacional e suas estadas na Itália ficarão a cargo da universidade italiana. Esse professor quer aproveitar a ocasião para passar por Genebra e fazer uma conferência na universidade de lá; ele se propõe naturalmente a pagar a viagem da Itália à Suíça e a respectiva permanência naquela cidade. Passar por Genebra tem ainda outro interesse: a universidade aventou a possibilidade de o retorno ao Japão ser feito de um aeroporto suíço. É evidente que esse professor tem um convite oficial no qual aparecem os nomes de três docentes universitários mundialmente conhecidos.

Tudo está na mais perfeita ordem, pelo menos é o que julga o professor. Mas um funcionário da secretaria, ao examinar os papéis, declara: "O senhor não pode sair do Japão nestas condições". Intrigado, um pouco estupefato, o professor pergunta por quê, já que toda a documentação está completa. O funcionário responde, meio condescendente, meio autoritário: "O senhor pode fazer uma conferência na Itália às custas do Estado. Assim o Estado, além de permitir a sua saída, ordena que faça essa viagem, a fim de realizar um bem público. Mas fazer uma conferência na Suíça é uma atividade pessoal e privada; o ministério japonês da Educação Nacional não autoriza que se faça de uma atividade privada uma coisa pública, para a qual se solicita o Estado".

Furioso, o professor protesta: "Que tolice, e no que o senhor se baseia para tomar tal decisão?". Mostram-lhe então um livro enorme, com os regulamentos do ministério, e em especial um artigo referente a viagens ao estrangeiro para quem é enviado pelo ministério. Indicam-lhe outro regulamento que trata das viagens de pesquisa a expensas próprias pelo qual se percebe que é impossível fazer uma única viagem com dois objetivos incompatíveis entre si.

Desesperado, o professor só consegue dizer: "Mas que bobagem!". Sorridente, o funcionário então sugere: "Se o senhor conseguir uma carta oficial enviada pela universidade suíça confirmando que ela está disposta a pagar as despesas da viagem da Itália à Suíça e as despesas da estada na Suíça, o problema fica resolvido". O professor retruca: "Isso é impossível!". O funcionário, ainda sorrindo, responde: "É uma mera formalidade, a universidade suíça não precisa pagar-lhe, o senhor é que vai pagar". O professor explica: "Mesmo que fosse formalidade, não posso pedir aos suíços que escrevam essa carta porque já lhes comuniquei que eu podia aproveitar minha ida à Itália e que não tinha necessidade de ser pago". Prosseguem discussões muito técnicas entre o funcionário e o professor. Por fim, o funcionário diz: "Bem, nesse caso, vou transmitir ao ministério que as despesas da viagem da Itália à Suíça ficarão a cargo da universidade suíça, e isso sob nossa responsabilidade. Peço ao senhor que assine este papel".

Assim, tudo fica acertado, o direito é o regulamento do ministério, e o avesso são as manobras necessárias para a redação do pedido e a interpretação subentendida, jesuítica, do regulamento. É esse avesso que une funcionário e professor.

O papel é evidentemente falso, mas o responsável não sente o menor escrúpulo. Poderá responder ao ministério, por exemplo: "O professor declarou que entregará à universidade suíça a quantia equivalente ao preço da viagem e da estada etc., e a universidade helvética pagará a dita quantia pelo professor". A famosa casuística dos jesuítas não é privilégio apenas dessa ordem religiosa: é também a moral peculiar da burocracia japonesa à qual o sobrinho de Rameau chamaria "idiotismo de ofício".

A partir desse caso, o professor terá certa obrigação para com o funcionário da secretaria, e este sente que se tornou mais íntimo do professor. A lógica que o funcionário apresenta é a solução do avesso.

Sua atitude decorre, é claro, de *omote* e *ura* (direito e avesso) da mentalidade dos japoneses ou, mais exatamente, da dupla estrutura de consciência dos japoneses. Talvez o leitor conteste, alegando que o mesmo fenômeno se encontra em todas as burocracias. Mas o característico no Japão é que tudo se passa paralelamente (avesso), num nível puramente formal.

Segundo Takeo Doi, *omote* e *ura* manifestam-se às vezes sob a forma de *tatemae* (a frente da fachada, o princípio de conveniência social) e *honne* (o verdadeiro som, a verdade individual, o que se sente no fundo de si mesmo).

Essa dupla estrutura própria das mentalidades japonesas terá sempre existido? É difícil alguém tomar consciência de uma característica profundamente enraizada em sua própria mentalidade: os estrangeiros têm mais facilidade para observar as particularidades dos japoneses.

Quando os primeiros missionários portugueses chegaram ao Japão, ficaram muito admirados com a diferença entre os costumes dos ocidentais e daqueles a que chamaram de "pagãos", os habitantes do arquipélago japonês.

Sob esse ponto de vista, é interessante a memória sobre o Japão e os japoneses redigida pelo jesuíta Luís Fróis, cujo manuscrito é conservado na biblioteca da Academia Real de História em Madri, e traduzida por Kiichi Matsuda em 1983. O livro, em seus catorze capítulos, compara os costumes dos europeus com os dos japoneses do Kyushu, grande ilha situada a sudoeste da principal ilha do Japão. O autor é muito lúcido e não hesita em elogiar os aspectos dignos de louvor que encontra.

Citemos alguns trechos. Por exemplo, o segundo capítulo, que trata das mulheres:

> Na Europa, os maridos andam na frente e as mulheres um pouco atrás deles. No Japão, os maridos é que seguem as mulheres. Na Europa, a propriedade é comum ao marido e à mulher. No Japão, marido e mulher possuem, cada um, seus próprios bens e, às vezes, a mulher empresta dinheiro ao marido a juros bem altos. Na Europa, por causa de sua natureza corrupta, os homens divorciam-se das mulheres. No Japão, muitas vezes a iniciativa do divórcio parte da mulher. Na Europa, as mulheres não saem de casa sem a permissão do marido. As mulheres japonesas, sem avisar o marido, vão livremente aonde desejarem. Na Europa, não fica bem as mulheres beberem vinho. No Japão, as mulheres servem-se de bebidas alcoólicas com freqüência e, em dias de festa, chegam a se embriagar.

E no terceiro capítulo, sobre as crianças e seus hábitos:

> As crianças européias, mesmo perto da idade adulta, não podem ser encarregadas de transmitir oralmente mensagens importantes. As crianças japonesas fazem isso com tanta sensatez e sabedoria que aparentam ter cinqüenta anos. As crianças européias não mostram prudência nem elegância em seu comportamento. As crianças ja-

ponesas comportam-se perfeitamente, de maneira notável, despertando admiração. As crianças européias são em geral acanhadas quando representam uma peça de teatro. As crianças japonesas não têm inibição, representam de forma livre e elegante, impondo-se em seus papéis com personalidade.

A memória de Fróis traz muitas observações interessantíssimas e engraçadas, e já assinala a dupla estrutura de consciência dos japoneses, que ele considera hipócrita. No último capítulo, em que reúne as peculiaridades dos japoneses que ele não conseguiu classificar nem analisar até então, escreve:

> Para os europeus, o falso sorriso é visto como falta de sinceridade. No Japão, é apreciado como nobre e distinto. Entre os europeus, o cumprimento se faz com o rosto parado e sério. Os japoneses sempre e obrigatoriamente cumprimentam com um falso sorriso. Na Europa, exige-se clareza na fala e evita-se a ambigüidade. No Japão, a fala mais apreciada é a que mantém a ambigüidade. É a mais estimada.

Depois da expulsão dos portugueses e durante o fechamento do Japão, permaneceu aberta uma porta, reservada às relações puramente comerciais com os Países Baixos. O pessoal da Companhia Holandesa das Índias Orientais foi mantido num recinto da ilhota de Deshima, em Nagasaki. Em sua *História natural, civil e eclesiástica do império do Japão*, Engelbert Kaemper, médico alemão da Companhia de Jesus, assinala a atitude dos japoneses, que sempre parece muito hipócrita aos olhos europeus. Chega a falar de falsidade:

> somos tratados por nossos inúmeros guardas, e por nossos vigilantes, com aparente civilidade, com gentilezas, cumprimentos, ofertas de refrescos e outras mostras de deferência, enquanto isso não for incompatível com sua razão de Estado. Mas tal cortesia e boas maneiras devem-se mais aos costumes do país, à civilidade natural e ao nobre procedimento dos japoneses, do que à sua estima e boa vontade para conosco, que eles não se preocupam em demonstrar.

Durante o fechamento do Japão, uma comissão de holandeses ia todos os anos cumprimentar o xogum que morava no castelo de Edo, o atual palácio imperial de Tóquio. Outro médico, Frantz von Siebold, também alemão e pertencente à Companhia de Deshima, publicou na primeira metade do século XIX um livro chamado *Nippon*, cujo segundo capítulo refere-se à sua viagem ao castelo do xogum, em Edo. Siebold, durante a viagem de Nagasaki a Edo, admira-se ao ver que as classes sociais não demonstram desprezo nem animosidade entre si, embora as distinções sociais sejam bem nítidas. Constata uma harmonia muito humana a despeito das diferenças de condição:

No Japão, a distinção social entre operários e contramestres nas fábricas é muito forte, e a hierarquia bem mais rigorosa que na Europa; apesar disso, eles são estreitamente ligados como concidadãos, manifestando mútuo respeito e cordialidade. Assim, reina por toda a parte no Japão cortesia e ordem.

Ele vê reinar cortesia e ordem não apenas entre os funcionários do xogum, mas também entre os camponeses e os guerreiros:

> Entre os camponeses, reinava uma ordem que nos surpreendeu, e eles eram muito amáveis. Quando atravessávamos um vilarejo a pé ou em cadeirinha, a gente do povo nos saudava, de joelhos, encostando os dedos no chão.

No início do século XIX, a população japonesa já era bastante densa nas grandes cidades, onde existiam com certeza conflitos e dificuldades. De que modo os japoneses conseguiam resolver esses problemas para construir uma sociedade harmoniosa, com cortesia e ordem?

Siebold indica o uso muito especial do direito e do avesso entre os japoneses:

> Os holandeses sofriam muitas restrições, como estrangeiros, vigiados nos mínimos atos e gestos por olhos inquietantes. Por outro lado, muitas coisas melhoraram

com os guias intérpretes japoneses. Se agíssemos não de modo público, mas às escondidas, ou seja, no avesso, muitas coisas tornavam-se favoráveis a nós e muitas restrições que cerceavam nossa liberdade podiam ser eliminadas. Os intérpretes japoneses usavam muito esses dois termos: "avesso" e "direito".

E o médico alemão cita ainda vários outros exemplos.

Talvez Takeo Doi tenha conseguido destacar o conceito-chave de avesso e direito porque passou três longos períodos de sua vida nos Estados Unidos; graças ao seu duplo olhar japonês e estrangeiro, revelou essa estrutura binária da consciência japonesa, já assinalada por um português e dois alemães nos séculos anteriores.

Atirar sem mirar

Há quatro ou cinco anos, no Centro Pompidou, um filósofo japonês fez uma conferência sobre os princípios de Kitaro Nishida – o primeiro filósofo original do Japão desde a modernização da era Meiji em 1868 – e em particular sobre o conceito-chave de seus últimos trabalhos, *Koi-teki chokkan*. Essa expressão significa "a intuição que se concebe no próprio ato", ou ainda "o ato que se figura na própria intuição". No entanto, o conferencista utilizou como tradução "intuição ativa". Influenciados por essa tradução infeliz, muitos franceses fizeram, na hora da discussão, perguntas sobre a diferença entre intuição *ativa* e intuição *negativa*. E a discussão perdeu-se num labirinto sem saída.

O próprio Nishida propôs traduzir a expressão em alemão às vezes por *Tatanschauung* (ato-intuição), às vezes por *handlungsgemässe Anschauung* (intuição que se conforma ao ato), ou por *handslungsmässige Anschauung* (intuição que convém ao ato). Entretanto, Elmar Weinmayr prefere a tradução *handelnde Anschauung* (intuição em ação)[1]. Pessoalmente eu traduziria a expressão por "intuição-ato". Se me refiro aqui a essa noção fundamental, não é para desenvolver argumentos filosóficos, mas para tentar ilustrar um modo de pensar e de comportar-se dos japoneses, que se manifesta em diferentes níveis de sua vida.

No outono de 1992, foi organizado em Kyoto um encontro internacional sobre o tema: "Será possível traduzir uma cultura para outra?". No coquetel de encerramento, um professor norte-americano que estudara no Japão estética japonesa apareceu trajando um quimono impecável, com um *biwa* (alaúde japonês), que ele tocou com perfeição enquanto recitava *O dito do Heike*, relato do esplendor e da decadência de um clã poderoso no Japão medieval (séculos XII e XIII). Depois, contou como havia se interessado por tal gênero de recitativo e insistiu sobretudo na maneira tipicamente japonesa do mestre lhe ensinar essa música.

Segundo ele, nunca o mestre lhe ensinou exatamente como utilizar o instrumento; disse-lhe apenas para fazer como ele. Ao fim de um ano, perguntou se ele entendia alguma coisa, e foi então que o norte-americano percebeu que havia atingido certo nível. Se me permitem usar o termo, di-

---

1. Elmar Weinmayr, *Filosofia de Nishida* (org. Yoshio Kayano & Ryosuke Ohashi, Kyoto, Mineruva-Shobo, 1987), pp. 220-1.

rei que o objetivo pedagógico do mestre era despertar antes de mais nada essa "intuição-ato" da execução de *biwa*.

Para dar uma imagem mais concreta de tal noção, apresento o depoimento de um filósofo alemão, Eugen Herrigel, sobre a aprendizagem do tiro de arco. Pode parecer estranho que eu escolha um exemplo nada metafísico, bem físico até, para elucidar a idéia abstrata de Nishida. Minha justificativa está num trecho do próprio autor:

> Se tentarmos definir a intuição no plano do conceito abstrato, só pensaremos num estado estático. De fato, ela consiste em perceber a realidade por intermédio de nosso corpo. Assim, deve ser chamada "intuição-ato"[2].

Herrigel (1884-1955) foi professor durante quatro anos na Universidade de Tohoku, ao norte do arquipélago nipônico, e depois lecionou filosofia na Universidade de Erlangen. Além de livros filosóficos, escreveu dois sobre o tiro de arco japonês e outro sobre o budismo zen.

O caso a que me refiro é tirado de seu livro *A arte do tiro de arco japonês*. Não vou me deter no lento percurso de sua aprendizagem. Também não insistirei nos perpétuos conflitos entre o discípulo alemão e o mestre japonês relativos ao modo de ensinar. Vou logo apresentar uma cena que o alemão viveu antes de regressar a seu país, sem acrescen-

---

2. Kitaro Nishida, "Koi-teki-chokkan" (1937).

tar nenhum comentário para que não me considerem mistificador se eu me mostrar comentarista obsequioso.

Após quatro anos de prática, o mestre pediu ao discípulo europeu, como última prova, que atirasse num alvo formado por um monte de feixes de palha, colocado a sessenta metros de distância. Desnorteado, Herrigel perguntou-lhe: "Como devo segurar o arco para atingir tal distância?". Ao que o mestre respondeu: "Atire como de costume sem se preocupar com o alvo". Intrigado, ele protestou: "Mas eu tenho de mirar!". O mestre insistiu para que ele não mirasse, pedindo-lhe que não pensasse no alvo nem no modo de atingi-lo, enfim, que não pensasse em nada.

"Procure apenas esticar o arco", respondeu, "até que a flecha parta. É preciso deixar que a coisa se faça." Depois, o mestre pegou o seu arco, esticou até o limite; a flecha partiu e atingiu o círculo preto bem no meio. A seguir, perguntou ao discípulo se o havia observado. "Fechei lentamente os olhos até que o alvo ficasse um pouco esmaecido. Tive a impressão de que ele se aproximava de mim e se unia a mim, o que seria impossível sem concentração." No final, o mestre propôs uma explicação que pode soar absurda para um europeu, mas que repito textualmente tal como a transmite Herrigel: "Se o alvo e o atirador se tornarem um, a flecha que parte do centro entra no centro. Logo, não se deve mirar o alvo mas sim a si mesmo".

Apesar desse comentário, o alemão não entendeu o que o mestre disse e continuou mirando. E o mestre, em tom severo, declarou: "Se você quer ser um especialista do tiro de arco, não posso ajudá-lo. Sou apenas o seu mestre espiritual". O discípulo foi obrigado a esquecer a técnica, mas mesmo assim não se conformava em ser só um "atirador espiritual". Profundamente desesperado, confessou ao mestre que se sentia incapaz de compreender e de aprender a atirar sem mirar.

O mestre tentou, em vão, convencê-lo e acusou-o de não ter confiança nele. Concluiu dizendo que só restava um jeito: que fosse à casa dele naquela noite. Ao cair da tarde, o mestre levou o alemão incrédulo a uma grande sala de treinamento. No escuro, ele acendeu uma varinha de incenso e a colocou sob o alvo. Voltou ao lugar do tiro, sem olhar para o discípulo, sem dizer palavra, e pegou duas flechas; atirou a primeira, e o alemão percebeu pelo ruído que ela atingira o alvo. Depois, atirou a segunda e ouviu-se o mesmo ruído. A pedido do mestre, o discípulo foi buscar as duas flechas: a primeira tinha atingido o círculo preto bem no meio, a segunda tinha quebrado a ponta da primeira ao se espetar nela. O mestre perguntou: "Acha que nesta escuridão é possível mirar? Vai continuar me dizendo que não se pode acertar o alvo sem mirar?". A partir desse momento, deixando de lado o ceticismo, Herrigel começou a atirar sem se preocupar com o olhar do mestre e sem pensar em nada…

Em que consiste esse treino, que ilustraria admiravelmente a "intuição-ato"? Herrigel escreve:

> Antes de atirar, começa-se por uma prática ritual. Avança-se um determinado número de passos até que se chegue a uma distância prefixada do alvo. Antes de chegar a esse ponto, pára-se uma vez para respirar fundo. Quando o atirador se coloca em posição, seu espírito se concentra para chegar a um estado de meditação completa.

Ele interpreta o tiro de arco como um processo de concentração que chega ao aniquilamento de si. No momento em que a flecha parte, o atirador volta a si, e o mundo que o cerca retoma seu aspecto habitual. E conclui:

> A mirada que leva da existência ao nada sempre retorna à existência, não porque o atirador queira voltar, mas porque ele é levado a isso. A descrição das experiências vividas pelo atirador não pode ser explicada por nenhum raciocínio.

É preciso contentar-se com uma especulação.

Antes de chegar a essa compreensão, Herrigel tinha muitas dúvidas e chegava até a questionar a veracidade das palavras do mestre, como o comprova, no posfácio do livro, Sozo Komachiya, o colega e amigo de Herrigel na Universidade de Tohoku, que o havia apresentado ao mestre de tiro de arco e lhe servira de intérprete nos primeiros tempos. Segundo Komachiya, o mestre sempre insistia com o discípulo alemão para que ele não tentasse atingir o alvo, e gostava de lembrar que atingir cem vezes seguidas o alvo não passava de tiro medíocre e que, ao contrário, conseguir atirar cem vezes sem nenhuma intenção de êxito e com pureza de coração conferia a possibilidade de ser comparado ao próprio Confúcio, isto é, atingia-se, se não o alvo, a sabedoria.

Surge a pergunta: Como o mestre pode distinguir um tiro medíocre, que aliás atinge o alvo, de um verdadeiro tiro que eventualmente não o atinge? Herrigel não dá nenhuma explicação sobre isso, mas convém fazer referência ao seu artigo intitulado "Como o mestre zen pode perceber que seu discípulo chegou ao *satori* (sabedoria suprema)?". Quando chega a esse estágio, o discípulo não só interpreta o mundo de modo diferente, mas sua atitude e seus gestos para com os objetos são outros. Por exemplo, o gesto que ele faz para pegar uma xícara de chá não é desajeitado, ele já não segura a xícara como um objeto, ele a pega sem distração, como se fizesse parte de sua mão, e bebe como se ele, que bebe, e a coisa bebida, o chá, fossem uma só coisa.

Herrigel foi compreender tudo isso bem mais tarde. Durante o treinamento para o tiro de arco, ele não conseguia se libertar da dicotomia sujeito/objeto. Komachiya escreve:

> Para Herrigel, o tiro de arco significa visar o alvo. O círculo preto é o objetivo. Quem vai atirar precisa pensar em atingir esse objetivo. Deve ter consciência de que

atira. Para ele, atirar sem pensar em atingir o alvo seria mentira, já que atirar sem consciência é impossível.

O alemão repetia sempre que o modo japonês de pensar é o oposto daquele dos europeus. Adotar o sistema de pensamento europeu torna tudo incompreensível no Japão, onde é preciso abordar as coisas por outro lado.

Acrescento ainda algumas palavras. É tradição na Europa, desde Aristóteles, distinguir estritamente "contemplação" (*to theorein*) e "atividade" (*to prattein* e *to poiein*), de modo que quem está impregnado por essa forma de pensar verá uma contradição de termos na noção de "intuição-ato", como ocorria com Herrigel, irritado com o absurdo das diretivas do mestre: atirar sem pensar em atingir o alvo. É curioso: essa dicotomia contemplativo/ativo encontra-se na China na filosofia de Zhu Xi (fim do século XI e início do século XII). Mas Wang Yangming (fim do século XV e início do XVI) unificou essas duas noções numa idéia-chave de sua doutrina filosófica, segundo a qual conhecimento e práxis formam uma só coisa, como Hegel tentou reunir contemplação e ação em sua dialética.

Ora, Nishida, que praticara tanto a filosofia hegeliana quanto o ensinamento de Wang Yangming, criou seu sistema sob a dupla influência das tradições filosóficas chinesa e ocidental. Apesar da descrição fenomenológica de sua experiência vivida do tiro de arco, Herrigel não chegou a dar uma explicação analítica dos fatos. Uma das melhores ilustrações da intuição-ato de Nishida ainda aguarda uma explicitação mais plausível pela filosofia, pela psicologia e pela psicanálise.

Do princípio pan-óptico I

Desde a publicação de *Vigiar e punir*, a idéia do pan-óptico ficou conhecida no mundo inteiro. Michel Foucault assim descreve o princípio dessa prisão:

> Na periferia, uma construção em círculo; no centro, uma torre; esta tem grandes janelas que abrem para a face interna do círculo; a construção periférica está dividida em celas, cada uma delas ocupando toda a espessura da construção; elas têm duas janelas, uma, aberta para a parte interna, permite que a luz atravesse a cela de ponta a ponta.

Assim, basta colocar um vigia na torre central blindada, invisível da parte externa, e encarcerar em cada cela um detento (louco, doente, condenado, operário ou estudante) para aproveitar o efeito de contraluz, observando da torre, sem ser visto, as silhuetas que se delineiam nas paredes das celas colocadas na periferia. Fica assim garantido o controle constante dos prisioneiros sem ser visto por eles.

Segundo Foucault, o pan-óptico foi pensado por Jeremy Bentham ao visitar a Escola Militar de Paris, anos antes da Revolução. A respeito de seu princípio, Foucault, resumindo as *Leçons sur les prisons* [Aulas sobre a prisão], de N. H. Julius, escreve: "Lá havia bem mais que engenhosidade arquitetônica: um acontecimento na história do espírito humano". Foucault examina essa nova prisão só no plano teórico. Mesmo assim, no plano prático vê-se quão justa é a apreciação de Julius, pois, na primeira metade do século XIX, surgiram pan-ópticos em Paris.

Jacques-Antoine Dulaure, por exemplo, descreve com pormenores em sua *Histoire physique, civile et morale de Paris*[1] [História física, civil e moral de Paris] a chamada prisão-modelo, que serve como casa de correção para rapazes; ela é concebida de acordo com um "sistema pan-óptico":

> O contorno dos pavilhões tem a forma hexagonal. Seis pavilhões em forma de raios, separados por seis pátios, convergem para um centro comum, de onde a vigilância geral de todas as partes da prisão pode ser exercida por uma única pessoa.

---

1. Paris, Furne, 1857.

Mais curioso ainda: desde a abertura do Japão, em 1868, surge lá esse pan-óptico. Com efeito, no artigo "Prisão de Nakano em vias de destruição"[2], Terunobu Fujimori fala da introdução de uma prisão moderna cujo modelo, segundo ele, havia sido copiado dos Estados Unidos de acordo com o que se chamava então Pennsylvanian System.

> Segundo esse sistema – continua Fujimori – o centro de controle fica bem no meio e, em torno, as celas estão dispostas em formato de estrela, de tal sorte que um número mínimo de guardas pode vigiar muitos detentos.

A despeito das afirmações do autor quanto à origem norte-americana dessa prisão, o princípio é o mesmo do de Bentham. Fujimori explica que tal sistema, difundido na Europa, foi exportado de colônia em colônia, na Índia, em Singapura, e até no Japão, na segunda metade do século XIX.

A primeira prisão desse tipo no Japão foi a de Miyagi, onde foram encarcerados, a partir de 1880, os sobreviventes do exército revoltoso de Takamori Saigo. No século XX ainda se encontra vestígio do pan-óptico no Japão. Yoshio Shiga, ex-membro do Comité Central do Partido Comunista japonês, referiu-se a uma prisão situada em Toyotama, nas cercanias de Tóquio, e à sua forma peculiar:

---

2. Em N. Ozawa (org.), *Cem histórias de crimes* (Tóquio, Chikuma-Shobo, 1988).

Um filósofo inglês, que também era economista, chamado Jeremy Bentham criou uma prisão em forma de K. O guarda que se encontra no centro pode, com um simples movimento da cabeça, vigiar todos os pavilhões: prisão do tipo chamado *pachinko*.[3]

Segundo o livro de Foucault, nos anos 1840 discutiu-se muito sobre as possíveis variações da prisão-máquina recém-criada: "O pan-óptico de Bentham sob sua forma estrita, ou em semicírculo, ou em forma de cruz, ou em forma de estrela". Este último tipo é a prisão-modelo mencionada por Dulaure. Mas nem Foucault nem Dulaure falam de pan-óptico em forma de K. A prisão *pachinko* parece-me ainda mais estranha, sobretudo porque o vigia que estiver no ponto de encontro das três barras da letra K pode, sem dúvida, observar as portas das celas dispostas nos quatro corredores, mas não conseguirá ver o que se passa no interior das celas. Outro fato curioso: hoje a palavra *pachinko* designa uma caixa de jogo mecânico do tipo fliperama, mas, antes de 1945, era o nome dado a um brinquedo infantil, a atiradeira. Seja como for, a explicação de Shiga não é muito clara para um japonês como eu.

---

3. Feu Yoshio Shiga, "O que eu queria deixar como testamento", *Messieurs, Mesdemoiselles et Mesdames* (Tóquio, Bungeishunju-sha, jan. 1984).

Tenha o pan-óptico forma circular ou forma de K, tenha sido inventado em Paris ou na Pensilvânia, o princípio permanece o mesmo: é o corolário de uma sociedade disciplinada que nasce com o desenvolvimento econômico, político, jurídico e científico da Europa, no século XVIII e no início do XIX.

Convém assinalar que ele traz bem nítida a marca da tradição judeo-cristã, e isso de duas maneiras. Primeiro, a relação entre Deus e o Homem, tal como é apresentada na Bíblia, é transposta exatamente no pan-optismo; além disso, o esquema freudiano que divide o ego em duas partes – o superego e o ego – é o mesmo da estrutura arquitetônica imaginada por Bentham.

Vamos examinar primeiro a relação entre o pan-óptico de Bentham e a noção freudiana de ego. Segundo o fundador da psicanálise, foi preciso que, em dado momento, o gênero humano interiorizasse sua pulsão agressiva, devolvendo-a à sua origem. Essa energia agressiva, recuperada e absorvida sob a forma de superego como parte integrante do ego, opõe-se de fato ao *eu* com severidade intransigente e funciona como consciência moral (*Gewissen*). Produz-se assim uma tensão perpétua entre o superego e o ego que a ele se sujeita; daí nasce a culpabilidade. A cultura, para desarmar os indivíduos e reprimir sua forte agressividade, institui, por assim dizer, uma suprema corte jurídica dentro de cada um deles. Quando o superego está formado, nenhum crime, mesmo cometido sem que ninguém o saiba, escapa ao superego onisciente. O sentimento de culpabilidade que o ego carrega e sente diante desse censor decorre do fato de ele estar sempre exposto ao seu olhar. Como o vigilante vê tudo, o ego, sempre que tem uma má intenção – virtual ou realizada –, já se sente culpado.

Eu poderia resumir assim as características da relação entre o superego e o ego: 1) o ego é observado todo o tempo pelo superego que tudo vê; 2) o ego é absolutamente dominado e subjugado pelo superego; 3) o superego encarrega-se de disciplinar o ego para que ele possa viver em harmonia com os outros indivíduos.

Logo se percebe que esses três aspectos existem na relação do vigia e do vigiado no pan-óptico, tal como Foucault a analisou. Com efeito, o guarda invisível deve observar todos os gestos do detento, de quem se torna senhor absoluto. Ele está cumprindo a vontade da sociedade, que pede ao detento que se comporte bem na comunidade.

Surge aqui uma pergunta: qual é a origem desse olhar que tudo vê e é tão benthamiano quanto freudiano? Parece-me ver nele o vestígio do *Deus absconditus* do judeo-cristianismo. Segundo Zacarias (4,10), Iavé ou Deus possui sete olhos que "percorrem toda a terra". Ou então lê-se na Epístola aos Hebreus (4,13): "E não há criatura oculta à sua presença, tudo está nu, descoberto a seus olhos. É a ele que devemos prestar contas".

Esta minha opinião pode parecer temerária e infundada. Para dissipar tal dúvida, cito um trecho do *De visione Dei sive de icona* [Quadro ou a visão de Deus] (1453) de Nicolau de Cusa:

> Aproxima-te agora do quadro de Deus [pequeno quadro com a figura de Deus que vê tudo] que traz a figura de Deus onividente e que te vê, irmão que o contemplas: coloca-te a leste, ao sul e por fim ao poente. Como o olhar do quadro te segue igualmente em todo lugar e não te larga, vás aonde fores, serás levado a refletir, chamarás e dirás: "Senhor, agora em tua imagem e por certa experiência sensível, vejo tua providência. Pois, se não abandonas a mim, que sou o menos digno entre todos os seres, nunca abandonarás ninguém. Assim como estás presente para todos os seres e para cada um deles, também está presente para todos os seres e para cada um deles o ser sem o qual eles não podem existir".

O paralelismo entre a figura de Deus onividente, o guarda pan-óptico e o superego é muito clara. Sou levado portanto a afirmar que o pan-óptico de Bentham é a realização terrestre e horizontal da relação transcendente e vertical entre o Ser superior e o Homem aqui na terra. O Deus das alturas, invisível e oculto, desce ao mesmo plano do Homem para colocar-se numa torre, adotando a forma de um guarda invisível. Se o homem não for fiel a Deus, o Ser dos seres mostrar-se-á sempre como Deus punitivo. Mas, enquanto a criatura aceitar todos os decretos de Deus, ser-lhe-á facultado viver no seio de Deus – ou seja, numa comunidade ideal, como São Paulo prometeu na Primeira Epístola aos Coríntios:

> O corpo é um e, não obstante, tem muitos membros, mas todos os membros do corpo, apesar de serem muitos, formam um só corpo. Assim também acontece com Cristo. Pois fomos todos batizados num só Espírito para ser um só corpo, judeus e gregos, escravos e livres, e todos bebemos de um só espírito! O corpo não se compõe de um só membro, mas de muitos (12,12-14).

Como acabamos de ver, o Deus do judeo-cristianismo tem duplo caráter. Por um lado, pune severamente o Homem que não lhe obedece; por outro, ama e acolhe o Homem que lhe é fiel. Deus manifesta seu amor pelo Homem ao mesmo tempo que lhe impõe injunções categóricas em vista de sua felicidade, e o Homem estará obrigado finalmente a obedecer a essas injunções. Assim se estabelece a comunidade dos Homens fiéis a Deus. Essa relação Deus/comunidade, ou mais exatamente a relação Deus/Homem, não está refletida na imagem do pan-óptico? De fato, Foucault escreve a respeito do detento da prisão pan-óptica: "Ele inscreve em si a relação de poder na qual desempenha simultaneamente dois papéis; torna-se o princípio de sua sujeição". Essa formulação de Foucault não serve também para definir o Homem que soube interiorizar o controle do superego?

Nesse sentido, é possível afirmar que o detento do pan-óptico é a imagem fiel do Homem adulto segundo Freud. O *Deus absconditus*, que se torna vigia do pan-óptico, é afinal transposto no superego freudiano. O pan-optismo explicado por Michel Foucault representa apenas uma etapa da transição do *Deus absconditus* para o superego interiorizado pelo Homem.

Do princípio
pan-óptico II:
a missão Iwakura

Devo primeiro retificar a afirmação errônea de Terunobu Fujimori, que identifica, como mencionei um pouco apressadamente no capítulo anterior, o sistema carcerário pan-óptico com o sistema pensilvaniano. Este consiste num encarceramento solitário em cela com janela, mas que não é necessariamente pan-óptica.

Desde 1786 na Pensilvânia foi abolida a pena de morte, bem como a mutilação e o açoite, sobretudo graças à influência dos quakers; na prisão de Walnut Street, na Filadélfia, os castigos corporais foram substituídos pela detenção em celas individuais. O sistema pensilvaniano tinha na origem uma intenção humanitária, mas logo se revelou desastroso: impedidos de toda comunicação, os prisioneiros caíam num estado de enfraquecimento tão evidente (suicidavam-se ou enlouqueciam) que até os guardas ficavam assustados. O modelo prisional teve de ser um pouco modificado: "Deixando os condenados nas celas durante a noite e fazendo-os trabalhar durante o dia, em oficinas comuns, em silêncio absoluto", como afirma Maurice Block em seu *Dictionnaire général de la politique*[1] [Dicionário geral da política].

Retornemos à maneira como o pan-óptico, que se difundiu em todo o globo, foi importado e imposto no Japão moderno: terá havido uma relação direta com o estabelecimento de um novo regime político no advento da era Meiji?

Pouco depois da mudança de regime, em 1868, o Japão enviou, em 1871, aos Estados Unidos e à Europa uma delegação composta de umas cinqüenta pessoas, sob o comando do embaixador extraordinário e plenipotenciário Tomomi Iwakura e de alguns novos dirigentes do país. O mais idoso, o embaixador, tinha 46 anos – e a média de idade era de trinta anos. Entre os 59 estudantes que desejavam estudar no estrangeiro e que partiram com a delegação, o mais célebre era o futuro tradutor do *Contrato social* em japonês, Tokusuke Nakae, mais conhecido pelo nome literário: Chomin. O objetivo era visitar os Estados estrangeiros ligados diplomaticamente ao Japão e preparar o terreno para modificar os tratados desiguais firmados com as potências ocidentais.

---

1. Paris, O. Lorenz, 1880, v. II, p. 684.

Outro objetivo, não menos urgente, consistia em pesquisar sobre as instituições, empresas, fábricas e as culturas desses países. Saindo de Yokohama em 23 de dezembro de 1871, a delegação regressou após um ano e dez meses, em 13 de setembro de 1873. Ao todo, doze países haviam sido visitados: Estados Unidos, Inglaterra, França, Bélgica, Holanda, Alemanha, Rússia, Dinamarca, Suécia, Itália, Áustria e Suíça. Iwakura queria visitar também a Espanha e Portugal, mas teve de desistir por causa do já grande atraso.

De volta ao Japão, o cronista da delegação publicou nas edições Hakubun-sha em outubro de 1878 sua *Reportagem sobre uma visita aos Estados Unidos e Europa*, que constava de cem partes, divididas em cinco volumes. Esse filho de um samurai de Kyushu, ex-aluno da escola do xogunato de Edo (atual Tóquio), foi, primeiro, nomeado historiógrafo do governo e, depois, professor na Faculdade de Letras da Universidade Imperial de Tóquio. Demitido desse cargo por ter querido estudar cientificamente o xintoísmo, religião tradicional do Japão, tornou-se professor na universidade particular Waseda. A reportagem de Kume tem imenso valor: ao mesmo tempo histórica e literária, investigativa e atenta, viva e dinâmica, comprova uma curiosidade intelectual inesgotável.

Ajuda a entender o caminho que o princípio pan-óptico efetuou na mente dos representantes japoneses durante a missão Iwakura. Ela começou seu percurso por São Francisco, Chicago e Filadélfia, onde visitou diversas fábricas, a biblioteca, o museu, a Casa da Moeda, a universidade, o parque de Fairmont, o Parlamento, a oficina de locomotivas e, por fim, a prisão – a prisão pan-óptica.

Kume diz que dois grandes pórticos fechavam o edifício, célebre por sua arquitetura, e os descreve nestes termos:

> A prisão situa-se no meio de um terreno. É construída com pedra de cantaria. Tem dois andares, mede várias dezenas de kens [1 ken equivale a 1,82 m]. Sete partes trapezoidais convergem para o centro como raios de sol. O pavilhão central, bastante amplo, contém o posto de vigilância dos carcereiros. Basta um para inspecionar simultaneamente as sete partes. Cada parte é atravessada no meio por um largo corredor radial, à esquerda e à direita do qual ficam as celas. Cada criminoso é mantido numa cela, fechada por porta de ferro.[2]

Os prisioneiros são obrigados a trabalhar – fabricam, por exemplo, calçados e tapetes. Embora a prisão de Filadélfia seja heptagonal, e não hexagonal como o pan-óptico de Paris – a prisão-modelo da rua da Roquette –, ela tem todas as características do modelo pan-óptico e constituiu o primeiro encontro dos japoneses com esse princípio fascinante.

---

2. Kume Kunitake, *Bei-Ô kairan jikki – Reportagem sobre uma visita aos Estados Unidos e Europa* (org. Akira Tanaka, Tóquio, Iwanami Shoten, 1992), v. 1, p. 332.

A missão Iwakura seguiu depois para a Inglaterra. Após Londres e Liverpool, chegou a Manchester, onde se interessou sobretudo pela fabricação do vidro e do ferro, e em seguida foi ao tribunal e à prisão adjacente. É um edifício de vasta dimensão, cujo muro de tijolos, rematado com pregos de dez centímetros, mede seis metros de altura; no centro, encontra-se uma grande porta, na qual foi encaixada outra menor que permite a entrada e saída de, no máximo, duas pessoas. No recinto, há um espaço destinado à sala dos guardas; ao lado, uma gigantesca lareira com duplo encanamento, um para expelir a fumaça, o outro para arejar a prisão. "A prisão de Manchester é uma imitação da prisão norte-americana", escreve Kume, com pequenas diferenças que ele detalha.

Por Douvres e Calais, a missão segue para Paris, que ainda não se refez dos acontecimentos da Comuna. Chegando ao anoitecer, a missão se deslumbra com a cidade iluminada por lâmpadas a gás, em vez "da escura fumaça e neblina" de Londres, que acabam de deixar. "Todo mundo anda tão depressa", observa Kume, "que os saltos nem encostam no chão."[3] De fato, a equipe ficou impressionada com tudo o que viu em Paris, a fábrica dos Gobelins, uma fábrica de chocolates, o Observatório... Em seguida, a visita ao Palácio de Justiça e a uma grande prisão:

---

3. *Kume hakushi kyuju-nen kaiko-roku* [Lembranças de noventa anos da vida do dr. Kume], apud Akira Tanaka, "Esclarecimento", em Kume Kunitake, op. cit., v. 3, pp. 391-2.

> A arquitetura é parecida com a de Manchester; comporta dois níveis e em cada nível sete partes que convergem para o centro, onde há uma torre de dois andares. No alto da torre foi erguido um púlpito, e em todos os andares há bancos diante das celas para que os prisioneiros possam escutar os sermões.

Kume acrescenta que o tempo de detenção é inferior a um ano e que os condenados à morte não são mandados para lá. Todos têm a obrigação de trabalhar: alguns costuram roupas, outros fabricam calçados ou confeccionam fósforos ou esculturas. Metade do respectivo salário vai para o governo, a outra metade é deles. Os 1.100 detentos têm direito a um banho mensal, as banheiras são muito limpas. Há também uma biblioteca e salas de leitura. O orçamento anual da prisão é de oito milhões de francos.

O autor nomeia esse estabelecimento como a prisão dos "rasan" – o que deve ser uma transcrição errônea de *larcins* [furtos], pois ele acrescenta que é "a maior prisão de Paris" com 25 mil m² de área. Duas gravuras ilustram sua descrição do tribunal e da prisão, representando o Palácio de Justiça e a Conciergerie. Mas a prisão que ele visitou certamente não foi a Conciergerie, que Jules Simon, seis anos antes da visita de Kume, descrevia de modo bem diferente como a derradeira de todas as prisões históricas de

Paris[4] e cuja planta em *Paris et ses environs* [Paris e arredores] de Baedeker[5] não combina com aquela que Kume traçou. Seria a prisão da Roquette? Também não: o depósito dos condenados, construído como um hexágono em 1836, em substituição à velha prisão da Roquette, recebia, segundo Simon, os "condenados à reclusão ou aos trabalhos forçados até o momento de sua partida para as penitenciárias centrais ou para as galés" e "os condenados à morte".

Havia no entanto em Paris uma prisão que punia os "furtos": era Mazas, que, no dizer de Simon, continha "acusados e condenados a menos de um ano de prisão"[6]. Essa prisão, que devia seu nome ao bulevar Mazas, onde estava situada (atual bulevar Diderot), foi começada em 1841, terminada em 1850 e demolida em 1898. Cabe lembrar aqui as terríveis lembranças de Jules Vallès, envolvido num complô contra o imperador Napoleão III e encarcerado na prisão preventiva de Mazas à qual, escreve ele, "muitos cativos […] teriam preferido a masmorra de Latude na Bastilha…". Segundo Vallès, Mazas, prisão supostamente "humanitária", nada mais era que a infame cúmplice desse "sistema novo" que "põe o homem a nu"[7].

---

4. Jules Simon, "Les prisons de Paris", *Paris: guide par les principaux écrivains et artistes de France* (Paris, Librairie Internationale, 1867), p. 1875.
5. 14. ed., Paris, Ollendorf, 1900, p. 222.
6. Jules Simon, op. cit.
7. Jules Vallès, *Le tableau de Paris*, em *Œuvres complètes* (Paris, Livre du Club Diderot, 1969), v. III, p. 826.

Assim, de Filadélfia a Paris, passando por Manchester, a delegação japonesa pôde descobrir as vantagens – do estrito ponto de vista prisional – do sistema pan-óptico. A partir daí, não é estranho que ele exista no Japão na segunda metade do século XIX: o governo imperial recém-formado, em busca de estruturas "modernas", simplesmente adotou o sistema euro-americano.

Todavia – e eu já fazia essa pergunta no meu último artigo – por que então o pan-óptico japonês, habitualmente chamado *pachinko*, tinha a forma da letra K? A resposta pode ser dada pela geometria, segundo Shinya Ida, meu colega comparatista: o K nada mais é que o resultado da amputação de metade do círculo, dividido por seis raios divergentes. O pan-óptico da Roquette tinha a forma de dois K colados, com as pontas dos raios ligadas entre si para formar um pavilhão hexagonal. Será que o governo japonês só deu metade do orçamento necessário para a construção de sua prisão pan-óptica? Da era Meiji até hoje, o governo japonês está sempre reduzindo os investimentos públicos...

Até a mudança de Meiji, o Japão era regido por dois centros de poder: o "imperador religioso" e o "imperador laico", para utilizar os termos do verbete "Japão" do cavaleiro de Jaucourt, no volume VIII da *Encyclopédie* (1765). Um era o *tenno*, que morava em Miyako (atual Kyoto), o outro, o xogum, que morava em Edo (hoje Tóquio). Mas, com a mudança de Meiji, o imperador adquiriu o pleno poder, em detrimento dos senhores feudais, e todos os cidadãos japoneses ficaram diretamente sujeitos ao poder imperial. Essa relação direta entre o imperador e o povo é exatamente transposta no modelo pan-óptico entre prisioneiro e guarda.

A quem julgar ousada a minha hipótese, indico que nas prisões da época Edo, regida pela autoridade do xogum, foram introduzidas – de acordo com a estrita observância da hierarquia social erigida então como regra absoluta – severas distinções entre classes sociais e entre sexos. As celas comunitárias destinadas às pessoas do povo eram dominadas por um patrão escolhido entre os prisioneiros, por intermédio do qual o guarda dava suas ordens, e as celas gozavam de relativa autonomia em relação ao carcereiro, representante do poder político, à imagem dos senhores feudais em relação ao xogunato.

O patrão-intermediário fazia o papel de senhor (*daimyo*) em seu domínio. Com a construção do pan-óptico, o sistema imperial, combinado com a estrutura de um Estado moderno, no sentido europeu do termo, conseguiu eliminar o intermediário entre prisioneiros e guardas como o poder interposto dos *daimyo* entre o povo e o imperador.

A introdução do pan-óptico no Japão completa de certo modo a modernização das instituições, começada alguns anos antes, e a estende assim do imperador ao último de seus prisioneiros.

As artes japonesas: justapor para aprimorar

Existe uma especificidade da arte japonesa que a singularize em relação à arte européia?

Se compararmos uma paisagem do pintor japonês Tessai Tomioka (1836-1924) com uma paisagem de Paul Cézanne (1839-1906), com certeza logo aparece uma grande diferença. Qual é a diferença? Embora generalizar seja sempre arriscado, é possível observar duas constantes próprias de suas respectivas culturas. O quadro *A montanha Sainte-Victoire* (1890-1894) de Cézanne é estruturado em torno de um centro – a montanha – que dá equilíbrio e perspectiva ao conjunto da paisagem. No quadro *O rio e a montanha dos eremitas* (1910) de Tessai, não se pode falar de um único centro. É, ao contrário, a justaposição de vários lugares, cumes, riachos, bosques, pavilhões e eremitas, que proporciona a estrutura e o relevo da paisagem. Essa característica está profundamente arraigada no espírito japonês.

Mas, antes de aprofundar a questão, eu gostaria de lembrar a natureza das relações entre o Japão e o estrangeiro.

Apesar de o arquipélago nipônico ser separado do continente chinês e da península coreana, ou melhor, por causa dessa separação geográfica, o Japão sempre teve curiosidade pelas culturas estrangeiras, pelas culturas do além-mar. O Japão importou a escrita chinesa e o budismo via Coréia. Julgava-se outrora que o xintoísmo fosse autóctone, mas segundo Mitsuji Fukunaga, especialista do taoísmo, parece que ele procede do antigo taoísmo chinês[1].

Da Antigüidade até a Idade Média, a coexistência das escolas religiosas foi garantida porque nenhuma pretendia o direito à supremacia e todas reivindicavam a tolerância compartilhada e recíproca. Um dos especialistas da história do budismo no Japão, Masayuki Taira, assinala um fato muito curioso. Na Europa, quando uma seita evolui fora do quadro oficial, ela reivindica sua liberdade de pensamento. No Japão, é o inverso. A nova seita contesta a liberdade de consciência das escolas existentes; foi o caso da seita de Honen, que, em nome de sua autenticidade, queria excluir todas as outras.

Segundo Taira, existia no Japão, na Antigüidade e na Idade Média, oito seitas budistas, todas reconhecidas pelo Estado, que haviam erigido como princípio "a pluralidade

---
1. Mitsuji Fukunaga, "O xintoísmo na antigüidade japonesa e o pensamento religioso chinês"; "A história da antigüidade japonesa e o taoísmo chinês", em *O taoísmo e a cultura japonesa* (Kyoto, Jinbun Shoin, 1992).

dos valores". Esse princípio era aceito não apenas no interior do budismo, mas também pelo xintoísmo e pelo confucionismo, embora não seja uma religião propriamente dita. Essas três doutrinas acreditavam participar da verdade absoluta em partes iguais. Taira explica o motivo disso:

> Os japoneses pensaram por muito tempo que existiam no mundo pessoas inteligentes e pessoas imbecis, bons e maus – enfim, indivíduos variados. Por isso, as religiões, cujo papel é guiar as pessoas para a salvação, deviam multiplicar-se a fim de responder a essa diversidade. Considerar sua própria escola como absoluta é o que existe de mais temível, visto que tal atitude monomaníaca não pode abranger a variedade da população, e que a exclusão deixaria muita gente fora da via da salvação.[2]

Voltaire, ferrenho defensor da tolerância, descreve com muita admiração em seu *Ensaio sobre os costumes* a pluralidade das seitas religiosas do Japão e dos países da Ásia oriental. Apoiado nas observações de Engelbert Kaempfer, "esse verdadeiro e esclarecido viajante", escreve Voltaire nesse livro:

> A liberdade de consciência estava estabelecida nesse país bem como em todo o resto do Oriente. O Japão estava

---

2. Masayuki Taira, "A pluralidade dos valores, uma constante da mentalidade japonesa", *Mugendai* (IMB Japão, mar. 1993).

dividido em várias seitas, embora sob um rei pontífice; mas todas as seitas se concertavam nos mesmos princípios de moral.[3]

Ou ainda:

A liberdade de consciência [...] sempre fora concedida no Japão, assim como em quase todo o resto da Ásia. Várias religiões estrangeiras foram introduzidas no Japão pacificamente.[4]

Assim, no século XVI, quando os missionários portugueses chegaram ao Japão, todas as seitas budistas e xintoístas coexistiam pacificamente. Mas, quando os jesuítas portugueses quiseram impor sua religião, o governo os expulsou e decidiu só manter relações estritamente comerciais com o Ocidente; e isso, por intermédio dos holandeses, pois sabiam que o Estado protestante não pretendia evangelizar o país. Desde o início do século XVII, o Japão fechou as portas para o estrangeiro, excetuando a China e a Holanda, mas esse período foi uma exceção.

Na segunda metade do século XIX, após dois séculos e meio de isolamento, o Japão reabriu os portos. A abertura às civilizações estrangeiras, a tolerância e a justaposição de

---

3. Voltaire, *Essais sur les mœurs* (Paris, Garnier, 1963), v. II, p. 314.
4. Ibidem, p. 315.

elementos culturais diversos permanecem como característica e tendência muito profunda no Japão, excetuada a época ultranacionalista da Segunda Guerra Mundial.

A pluralidade que se constata no domínio religioso também se estende ao artístico, e até ao culinário.

Examinemos o *bento*, a "cesta-refeição" japonesa. É uma caixa dividida em vários compartimentos nos quais há peixe, carne, legumes, legumes em salmoura para acompanhar o arroz e sobremesa. Visualmente já se aprecia o cuidado com que foi arrumado e o colorido. A ordem em que as coisas devem ser comidas não é fixa – pode-se começar pelo que se prefere naquele dia.

Cada compartimento coexiste pacificamente com o outro, como as escolas religiosas no Japão.

O mesmo ocorre com a música japonesa. Segundo o especialista Pierre Devaux, não é possível pensar a música japonesa tradicional sem o gestual dos bailarinos e dos músicos. A arte visual coexiste harmoniosamente com a arte sonora na relação que o músico mantém com o bailarino, e também no papel do próprio músico, como na junção da palavra com a ação. Devaux constata que "não se pode aplicar ao Japão o que Rousseau dizia do Ocidente: *hoje que os instrumentos são mais importantes que a voz*"[5].

---

5. Pierre Devaux, "Remarques sur l'évolution musicale au Japon et en France, au XVIIIe siècle", *Diderot: le XVIIIe siècle en Europe et au Japon* (Nagóia, Centre Kawai pour la Culture et la Pédagogie, 1988), p. 256.

A música japonesa jamais ocupa um espaço puramente harmônico nem suscita um universo fechado e absoluto: ela está sempre "em contato permanente com outros elementos como o barulho (e sobretudo os sons da natureza), a palavra ou o gesto; nesse aspecto, é possível dizer que ela procede de uma natureza aberta"[6]. Devaux mostra o contraste entre a evolução da ópera francesa e a do *kabuki*. Afirma ele:

> O conceito de ópera forma-se pouco a pouco à custa de lutas e de exclusões resultantes das "querelas" entre os apreciadores de Lully e de Rameau, entre os de Rameau e os italianizantes, entre os de Glück e os de Puccini, cada "gosto" significando afinal o desaparecimento daquele que ele destitui.[7]

No Japão, constata-se o contrário desse fenômeno; prossegue Devaux: "Partindo dos mesmos princípios, o *kabuki* cultivou a associação das formas, recorrendo ora à recitação expressiva do *gidayubushi* no estilo mais fluido do *tokiwazu*, ora à amplitude lírica do *nagauta*"[8] (o *gidayubushi* é uma recitação acompanhada por um instrumento de cordas chamado *shamisen*, do qual o *tokiwazu* e o *nagauta* são variantes). Devaux conclui de modo muito interessante: "A música japonesa [...] cultivou a justaposição de sistemas di-

---
6. Ibidem, p. 257.
7. Ibidem, p. 261.
8. Ibidem.

ferentes, e as escalas de origem chinesa e japonesa conviveram, como as religiões, pacificamente"⁹.

O segundo exemplo que gostaria de destacar como tipicamente japonês é a arte do incenso. Em japonês, essa arte chama-se *kodo*, termo que pode ser traduzido literalmente por "a via do incenso". Essa arte é praticada sob a forma de uma cerimônia tal como a cerimônia do chá (*sado*) ou o arranjo floral (*kado*). A arte do incenso busca não só a perfeição artística, mas também uma certa espiritualidade quase religiosa, designada pelo termo "via"; fala-se assim da via do incenso, assim como, ao se falar na via do chá, na via das flores etc., a "via" designa o caminho que nos deve levar ao estado absoluto de vigília.

No século XVIII, época em que, no Japão, essas cerimônias do incenso são muito praticadas e em que a Europa utiliza o perfume para dissimular o mau cheiro, no volume VI da *Encyclopédie* de Diderot, publicado em 1758, há o verbete: "Perfume (literatura)", e outro verbete: "Perfume (crítica sagrada)". No primeiro verbete redigido pelo cavaleiro de Jaucourt, são citadas palavras de Eurípides, de Marco Antônio e de Anacreonte; no segundo, o mesmo autor refere-se aos usos sagrados e profanos do perfume entre os antigos judeus bem como entre os orientais, e nada além disso. Na mesma época, no Japão, a arte do incenso já era praticada não só entre os nobres da corte imperial, mas também na burguesia, segundo regras bastante sofisticadas.

---

9. Ibidem, p. 262.

Um jogo chamado *kumiko* ("perfumes cruzados") ilustra essa arte. Primeiro, lê-se um poema, *waka*, como por exemplo: "Deixando a capital (Kyoto) sob a bruma primaveril, mas o vento do outono já se erguia na barreira de Shirakawa", composto por um bonzo em peregrinação, que havia chegado à fronteira da província de Shirakawa, situada ao norte do Japão. Desse poema extraem-se três imagens importantes: a bruma primaveril da capital, o vento do outono e a barreira de Shirakawa; primeiro, dá-se a cada participante, na mesma ordem do poema, os três incensos associados às imagens para que os escutem. Usa-se o termo "escutar" o perfume em vez de "sentir", pois o perfume é aí considerado como uma música do olfato. Cada participante deve esforçar-se para memorizar esses perfumes, e a associação deles com as imagens. Depois, eles lhe serão apresentados novamente, mas em outra ordem, e ele deverá reconhecê-los e receberá uma nota de acordo com seu desempenho.

Se conseguir adivinhar todos os perfumes, obtém a nota "você passou a barreira de Shirakawa"; se não conseguir adivinhar nenhum, recebe a nota "proibido passar pela barreira (de Shirakawa)". Se adivinhar o perfume associado à bruma da capital, recebe como nota "o vento da primavera se ergue"; se adivinhar "o vento do outono", recebe a nota "as folhas vermelhas caem"; e se reconhecer apenas o perfume da barreira de Shirakawa, a nota "trajes de viagem". Depois da cerimônia, a data, o local, o nome dos participantes, do organizador e do escrivão são inscritos numa folha de boa qualidade, e essa folha, espécie de certificado, é dada a quem obteve a melhor nota.

Como outras artes japonesas tradicionais, a "via do incenso", que começou no século xv, tem muitas escolas. A escola predominante era a existente na corte imperial de Kyoto. Sua arte foi conservada e transmitida pela família aristocrática Sanjonishi, de modo que foi sempre conhecida pelo nome de Oieryu (escola da família), isto é, escola da família Sanjonishi. Ainda hoje é possível participar de cerimônias do incenso organizadas pelo mestre Gyoun Sanjonishi, 22º sucessor, herdeiro de Oieryu. Essa escola assim perpetuou até hoje, ou seja, por mais de quatrocentos anos, a via do incenso.

Na justaposição tão harmoniosa das imagens do poema curto com diversos odores de madeira perfumada, dois sistemas, letras e perfumes coexistem, se enriquecem nesse encontro e se unem sem jamais se fundirem.

Cada arte é portanto uma combinação de diferentes práticas artísticas, poesia, canto, incenso... Essas diferentes práticas são sistemas organizados em si, que só conseguem expressar-se completamente em parceria com outra prática artística. Como acabo de mostrar, nem na música nem na arte do incenso, um elemento que faça parte do conjunto nunca se julga senhor absoluto dos outros. Todos coexistem pacificamente e cada um quer colaborar com o outro, a fim de contribuir para a manutenção e o enriquecimento do conjunto. Já na Europa, um elemento artístico sempre quis fazer prevalecer sua superioridade sobre os outros. Se foi por essa atitude que os europeus conseguiram criar obras de arte perfeitamente estruturadas, cabe indagar se será essa a única forma de expressão artística do gênero humano.

A justaposição harmoniosa de diferentes elementos heterogêneos, característica da arte japonesa, foi por muito tempo ignorada pelos europeus; estou convencido de que ela vai se tornar uma nova fonte de inspiração para as artes do mundo no próximo milênio.

O nu explícito
e o nu oculto

Para concluir estas reflexões comparatistas, gostaria de refletir sobre o problema do nu tal como se apresenta tanto na França, e de modo mais geral na Europa, como no Japão. Limito-me ao período Edo[1], pois no que se refere ao Japão, com a ocidentalização iniciada na era Meiji, isto é, a partir de 1868, a arte japonesa foi muito influenciada pela pintura, pela escultura e pela fotografia européias. Não obstante essas mudanças superficiais, insisto em dizer que sempre ficou, apesar de tudo, uma constante própria à estética japonesa. Ora, se desejo analisar essa corrente contínua, creio que minha demonstração será mais clara se ficar circunscrita à época Edo.

Antes de abordar a reflexão sobre o nu sob o aspecto filosófico e estético, permito-me começar por um bre-

---

1. Chama-se período Edo aquele situado entre 1603 e 1767, porque o xogunato dos Tokugawa estava em Edo, a atual Tóquio.

ve episódio pessoal. Em 1983, eu estava em Cerisy-la-Salle para participar de um encontro sobre Diderot organizado por Jacques Proust. Durante essa reunião científica e por ocasião de uma comunicação referente à linguagem gestual na obra do filósofo, o palestrante alemão mostrou uma gravura do século XVIII representando um homem enfurecido, de braços erguidos e punhos cerrados, para afirmar que um gesto, compreensível para todos, é uma linguagem universal. Depois dessa apresentação, tomei a palavra para discordar: a linguagem dos gestos não é universal, difere de acordo com as civilizações. Para tal, usei como exemplo uma gravura japonesa.

Antes de chegar a Cerisy, eu passara uns dias em Paris. Lá, por puro acaso, uma amiga francesa me pediu que resumisse o enredo de um romance japonês ilustrado que fora escrito em meados do século XVIII. Ela havia comprado o livro mesmo sem saber japonês, simplesmente porque ficara fascinada pela beleza das imagens. Tratava-se de uma história de adultério. O jovem patrão de um grande estabelecimento comercial sofria dos pulmões. Sua jovem esposa aproveitava para ter um caso com o principal empregado, que pretendia assumir a direção do negócio quando o dono morresse. Enquanto eles se divertiam, o jovem comerciante doente, que estava num cômodo vizinho, escutava-os. Depois, entrou no estabelecimento e cumprimentou-os. Na página seguinte, uma ilustração mostrava o patrão sorridente e muito sereno. Mas, se o desenho fosse observado com mais atenção, a barra do seu quimono entreaberto deixava ver o dedão do pé todo contraído, manifestando seu verdadeiro sentimento, isto é, a cólera.

Já no início do século XVI, quando os missionários portugueses desembarcaram no Japão com Francisco Xavier, muito se admiraram ao constatar a distância entre a aparência e o sentimento interior, habitual para os japoneses. De fato, é possível ler as observações mais interessantes sobre o assunto no livro *Memórias sobre o Japão*, escrito em 1585 pelo jesuíta Luís Fróis, que havia passado 22 anos no arquipélago nipônico. Escreveu, por exemplo:

> Nós [os europeus] expressamos com clareza o sentimento de raiva e mal conseguimos dominar nosso ímpeto, mas eles [os japoneses] têm um modo peculiar de conter seus sentimentos violentos. São muito reservados e discretos.

Ou:

> Para nós, os cumprimentos são feitos com o rosto parado e sério, ao passo que os japoneses sempre e infalivelmente cumprimentam com um falso sorriso.

Ora, esse "falso sorriso", que é visto como desonesto na Europa, era, na sociedade japonesa, "nobre e distinto".

A atitude do comerciante doente ao descobrir a ligação ilícita de sua mulher com o empregado serve como ilustração adequada para essa observação de um discípulo da Companhia de Jesus. Convém notar que a acusação de hipocrisia emanada de um europeu nunca será aceita pelos japoneses, pois, no século XVI bem como na época Edo, expressar abertamente um sentimento era considerado brutal e vulgar. Aos olhos dos ocidentais, em compensação, a verdade deve sempre transparecer, mesmo que na realidade ela seja velada, e até disfarçada, mesmo que a conduta de Alceste não seja bem aceita na sociedade mundana. Na Europa reina a transparência, ou pelo menos a vontade de transparência.

Contemporâneo do patrão do grande estabelecimento comercial de Edo, o jovem cidadão de Genebra declara de fato em seu *Discurso sobre as ciências e as artes*, publicado em 1750, o seguinte: "Como seria agradável viver entre nós, se a aparência fosse sempre a imagem das disposições do coração". Rousseau aqui denuncia, por oposição, a distância, aliás lamentável – hipócrita, pode-se dizer –, entre o ser e o parecer dos europeus. A propósito, logo adiante ele acrescenta que "o homem de bem é um atleta que tem prazer em lutar nu: ele despreza todos os vis ornamentos". Segundo ele, o que há de verídico deve mostrar-se nu, despojado de qualquer adereço. A verdade consiste em ficar desvelado, e não oculto, *alethes*, despido. Esse desejo de limpidez não é exclusivo do autor do *Discurso sobre as ciências e as artes*.

Recordemos a ilustração no frontispício do volume 1 da *Encyclopédie*, publicado em 1751. Essa gravura de Benoît-Louis Prévost, segundo Charles-Nicolas Cochin, representa a deusa da Verdade: ela está coberta por um véu, logo abaixo de nuvens negras que fogem diante de sua luz. Enquanto a Razão retira o véu que lhe cobria o ombro, a Filosofia retira o que lhe envolvia os quadris. A Verdade é portanto a nudez; e assim deve ser representada no Ocidente.

Uma deusa até pode mostrar-se nua. Mas isso não vale para os simples mortais, marcados pelo pudor. Max Scheler observou isso muito bem em seu livro *Über Scham und Schamgefühl* [Sobre a vergonha e o sentimento de pudor] (1933). Deus não conhece a vergonha, os animais também não. Só o ser humano deve ter vergonha. Segundo o mito da queda do homem narrado no Gênese, Adão e Eva tinham o direito de ver, sentir e comportar-se como Deus, por serem criaturas criadas "à Sua imagem", até o momento em que provaram o fruto proibido. Essa experiência os afastou do criador e eles ficaram imediatamente no mesmo patamar dos animais. Segundo o Gênese, "abriram-se os olhos aos dois e perceberam que estavam nus; entrelaçaram folhas de figueira e se cingiram" (Gênese, 3,7). Os ocidentais descendentes do casal Adão e Eva assim explicam a origem do sentimento de pudor. É um sentimento específico do ser humano existente entre, de um lado, Deus, e, de outro, o animal. É possível usar uma expressão de Scheler: o homem é a "ponte" entre duas ordens, a divina e a animal, de modo que, desde a sua queda, ele não pode ficar nu sem sentir vergonha.

Nessa perspectiva, o ser humano que se desnuda por iniciativa própria tem vontade de romper com a ordem do alto. A nudez mostra a liberação da humanidade à custa da decência. O homem reabilita sua liberdade em detrimento desse apego. Para sermos mais concretos, vejamos a primeira figura. É um quadro de François Boucher, o primeiro pintor do rei. O nome do quadro é *Femme nue couchée sur un sofa* [Mulher nua deitada num sofá]. Comumente é conhecido como *L'odalisque brune* [A odalisca morena]. Diderot escreve em seu *Salon de 1767*:

> Não vimos no *Salon*, há sete ou oito anos, uma mulher completamente nua, deitada sobre grandes almofadas, uma perna para cá e outra para lá, mostrando a cara mais voluptuosa, as costas mais belas, as nádegas mais bonitas, num convite ao prazer pela atitude mais fácil, mais cômoda ou, como costumam dizer, mais natural, ou, no mínimo, mais vantajosa?

E ainda acrescenta: "Se graças à minha caducidade [...], esse quadro é inocente para [mim], será muito apropriado para incitar meu filho, ao sair da Academia, a ir até a rua Fromenteau, que é perto de lá, às casas de Louis ou de Keyzer" (prostíbulos, é claro). É engraçado ler nessas poucas linhas o embaraço de Diderot, que tinha na época 53 anos; dividido

Figura 1 – François Boucher, *Femme nue couchée sur un sofa*

entre duas ordens, a ordem carnal e a ordem divina, o filósofo ateu está ao mesmo tempo fascinado pelo quadro e um pouco reticente a esse sentimento, não conseguindo escapar do domínio da moral cristã. Constatamos assim a forte tensão provocada no foro interno de um europeu diante da nudez, mesmo estando ela apenas num quadro.

Vamos agora olhar para o Japão. Existem evidentemente quadros e gravuras representando mulheres nuas, inteiramente nuas, em particular mulheres vistas de costas, prestes a entrar no banho. Mas, tirando essas raras exceções, nos quadros as mulheres são mostradas sempre vestidas, deixando às vezes entrever uma pequena parte de sua anatomia. Antes de examinar algumas imagens, convém pensar um pouco sobre como é considerada a nudez no Japão. No início do século XVIII, um alto funcionário do governo xogunal e filósofo de peso chamado Hakuseki Arai criticou a criação do mundo e do ser humano narrada no Gênese, após uma discussão que tivera com o missionário italiano Sidotti, detido após a tentativa de desembarcar clandestinamente no Japão.

Arai, em seu livro intitulado *Informações sobre o Ocidente*, redigido depois de ter interrogado o missionário, escreve o seguinte:

> Ele [Sidotti] afirma que todas as coisas do mundo não podem fazer-se por si mesmas e que há necessariamente

um ser que as criou. Mas, se essa afirmação for verdadeira, por qual criador Deus chegou à existência, antes que existissem o céu e a terra? Se Deus pôde criar a si próprio, por que o céu e a terra não poderiam fazer o mesmo?

Logo, o ser humano não foi criado, nem sofreu nenhuma queda por causa de uma transgressão qualquer aos mandamentos de um Ser supremo. O homem se fez naturalmente e se transforma sem cessar pela força das coisas. Por que teria ele necessidade de mostrar ostensivamente seu corpo em toda a nudez, qual liberdade procuraria ele reivindicar e diante de qual deus? Não existe no Japão o nu como representação metafórica dessa inocente nudez de Adão e Eva antes da tentação, nem como símbolo da reabilitação do ser humano perante Deus. A carne e as vestes do corpo humano são elementos complementares de um personagem da vida cotidiana, num mundo em contínuo processo de transformação.

Dito isto, vejamos a cortesã vestida da figura 2. Trata-se de uma gravura de Utamaro Kitagawa, grande mestre de gravuras *ukiyo-e* e um dos artistas mais populares do Japão na segunda metade do século XVIII. A obra é intitulada *Nishikiori Utamarogata-shinmoyo shiroi uchi-kake* [Vestimenta branca longa no estilo Utamaro]. Prestemos atenção à relação muito harmoniosa entre a roupa e o corpo. A roupa não é esboçada unicamente por seu valor, pelo interesse

Figura 2 – Utamaro Kitagawa,
Nishikiori Utamarogata-shinmoyo shiroi uchi-kake
(Vestimenta branca longa no estilo Utamaro)

de suas cores, por exemplo, mas sim para destacar, por curvas muito adequadas, o corpo nu da beldade. Vejamos, por exemplo, a linha branca sobre o branco que ressalta a curva das nádegas do modelo. Por sua vez, o corpo valoriza o vestido. Trata-se de um movimento recíproco, e o notável é exatamente essa complementaridade do corpo com a roupa. Enquanto o vestido dá graça à beleza do corpo, uma parte do corpo ressalta a beleza do quimono. O característico aqui é o jogo metonímico que, paradoxalmente, mostra o que não é mostrado[2].

Mas, no caso de uma gravura erótica, quando se trata, por exemplo, do ato sexual, como fará o artista, como mostrará o casal nu? Examinemos a gravura seguinte, considerada a obra-prima de Utamaro (figura 3). Mantém-se aqui a complementaridade corpo/vestes a que acabo de me referir, visto que os corpos do homem e da mulher, pouco desvelados, oferecem a imagem da tensão erótica. No caso, não se vê o rosto do homem nem o da mulher que se beijam, nem os pormenores do corpo. Mas a mão esquerda do homem e a mão esquerda da mulher estão crispadas e são tão expressivas quanto era o dedão de que já falei. Além disso, o que

---

2. No canto esquerdo superior do quadro, vê-se um rolo de papel parcialmente desenrolado. Trata-se de uma epígrafe do pintor que diz: "Para pintar a beleza feminina, nenhum artista me supera. Por isso meus honorários são muito altos. Mas se o editor preferir em vez de mim um desenhista mais barato, é como se preferisse a última das putas em vez de uma cortesã de grande estilo".

Figura 3 – Utamaro Kitagawa,
"Utamakura" Nikaizashiki
("Fonte do poema": quarto no primeiro andar)

está escrito no leque faz parte da atmosfera erótica da cena. Lê-se aí o seguinte poema burlesco[3]:

> *Uma galinha-d'angola teve o bico mordido*
> *Com força por uma amêijoa*
> *E sente dificuldade para alçar vôo.*
> *Numa noite de outono.*[4]

Tudo passa, portanto, pela sugestão metonímica do desenho e, acessoriamente, pela sugestão metafórica do poema. Até a posição do leque, cuja ponta está sutilmente oculta, designa por um procedimento metonímico o centro de convergência de tensão erótica da cena.

Permitam-me ainda mostrar outra gravura, um pouco mais ousada, representando dois painéis de biombo (figura 4), na qual o jogo dos dedos também parece muito eloqüente. Trata-se de *Hana Fubuki* [Pétalas em turbilhão], em que a castidade ultrajada de uma mulher dispersa-se, tal como pétalas de flores levadas pelo vento. Não se pode, aliás, esquecer a conversa do casal inscrita no interior da gravura. Não vou traduzir suas palavras indecentes, mas chamar a atenção para a cortina de bambu que acentua o aspecto secreto desse ato. No entanto, a última fala da mulher: "Te-

---
3. Poema-paródia inspirado nos célebres versos de Saigyo (1118-1190).
4. "Hamaguri ni/ Hashi wo shikkato hasamarete/ Shigi tachikanuru/ Aki no yugure."

Figura 4 – Utamaro Kitagawa,
Hana Fubuki
(Pétalas em turbilhão)

nho vergonha porque há muita luz", enfatiza o contraste entre o que está oculto e o que se vê, entre o velado e o descoberto, aumentando o erotismo da cena. Essa complementaridade ou essa contradição, corpo e roupa, dissimulado e revelado, concorrem para reforçar de maneira sofisticada o erotismo das cenas representadas.

Seja como for, o ponto comum às três gravuras que acabamos de admirar é que os elementos visíveis (e audíveis) sugerem o verdadeiro sentido da gravura, isto é, a nudez oculta da cortesã, e a do homem e da mulher – e, a partir daí, o gozo íntimo do casal. A arte japonesa é mestra em estimular e excitar a imaginação dissimulando o objeto de desejo. O ponto de concentração do quadro é seu sentido verídico: a verdade totalmente nua e sempre calada continua latente, como um foco vazio.

Antes de terminar, convém observar que o mesmo procedimento é freqüente na poesia japonesa. Tomemos como exemplo dois haicais de Matsuo Basho, poeta do século XVII, considerado o maior mestre no gênero. Vejamos o primeiro haicai, composto em 1684:

Bruma e chuva
Fuji escondido; mas vou
Contente![5]

---

5. "Kiri-shigure/ Fuji wo minu hi zo/ Omoshiroki".

Aqui a beleza sublime do monte Fuji é valorizada por sua ausência, causada pela chuva miúda. E, reciprocamente, a ocultação do Fuji acentua a chuva daquele dia. O que conta é a harmonia complementar de dois elementos, um visível, outro invisível, de modo que o primeiro evoca mais ainda o segundo.

Vejamos agora o segundo haicai, composto em 1686:

No lago estagnado,
Um barulho de rã
Que mergulha.[6]

No primeiro poema, a chuva funciona como uma tela que destaca o que não estava visível. No segundo poema, o audível e o visível, que vão desaparecendo, misturam-se para sugerir o que não existe – isto é, o silêncio, "o silêncio eterno dos espaços infinitos", como dirá Pascal; esse silêncio, aliás, não "assusta" Basho. O poeta o aprecia, pressentindo-o nas marolas e no ruído da água.

Na Europa, a verdade reside naquilo que é desnudado, é a *aleteia*, ao passo que no Japão o mais importante é o que está oculto. De modo que o nu só chegará a seu próprio valor sob a roupagem. Quão incomensurável é a distância que existe entre essas duas civilizações!

---

6. "Furu-ike ya/ Kawazu tobi-komu/ Mizu no oto".

1ª edição Setembro de 2008 | **Diagramação** Megaart Design
Fontes Rotis/Agaramond | **Papel** Ofsete Alta Alvura 90 g/m^2
Impressão e acabamento HR Gráfica Editora Ltda.